通天閣の消えた町

沓沢久里
kuri kutsuzawa

亜璃西社

通天閣の消えた町

装画　ささめやゆき「HOMETOWN」
装幀　須田照生

＊目次

表紙　「大阪市パノラマ地圖」一部（大正十二年、日下わらじ屋）
所蔵＝国際日本文化研究センター

本扉　初代通天閣と新世界（大正九年〜昭和十八年）
出典＝Wikimedia Commons

通天閣の消えた町

天王寺駅は、何もかもが煤けていた。人々の垢じみた衣服からすえた匂いが立ち、構内には便所の臭気が充満している。昌子は息苦しくなって駅舎から走り出た。

疎開先の村で、恋いこがれ続けたふるさとだったのに、大阪は変わり果てていた。乗り継いできた近鉄や省線の車窓から見た布施や鶴橋、幼い頃から馴染(なじ)んだ周辺の町筋に、懐かしい昔の面影をたどるすべもない。焼け跡にバラックの家々が無造作に点々と建っている荒れた風景を目の当たりにしたショックは大きかった。

昌子は駅前の阿倍野橋のコンクリートの橋げたに半身を預けて、辺りを呆然と眺めるばかりだった。

視界の右手におぼえのある緑の木々の茂みが続いている。ああ、天王寺公園が無事だったのか、と身内に猛然と記憶が甦った。

市電の終点前に公園の入り口があって、そこから花壇の道が市立美術館に続き、館の正面玄関の階段を降りても、横道の坂を下っても動物園へ向から、勝手知ったるわが道だ。公園を出ると、そこはそのまま新世界の歓楽街。公園前のラジュウム温泉は大人気だった。その頃には珍しい高層建築で、文楽や漫才、大衆演劇がそれぞれに階ごとの小劇場で楽しめた。温泉上がりの父母と別れて昌子は大好きな人形芝居を見物するうちに、心細くなり、親を探し歩いて大泣きをし、騒ぎを起こしたことまで思い出した。

おやっ、昌子は目を見張った。通天閣が見えない。

新世界はここにありとばかりに聳(そび)え立っていた、だいじの大阪名物の塔の姿が無い。

やっぱり空襲でやられてしまったのか……。

昌子の足許を電車がゆっくりと車両を連ねて通過して行った。天王寺駅からか、それとも近鉄阿倍野駅から発車したのだろうか。橋下には幾条ものレールが鈍く光って伸びていた。どこに向かっている線路なのかわからない。

電車が視界から消えていくまで見守りながら、これからの行方知れない自分の道を思い、どうしようもない不安と闘っていた。

負けてはいられない、さしあたっての目当ては大手前高校だ。

なにがなんでもこの道しか無い、さあ出発だ。

母の多可が、ドンゴロスで作ってくれた大きなリュックをゆすり上げたとたん、昌子の耳に菊叔母の大声が響いた。

「まさこちゃーん。心配したでー。ああよかった。店で待ちきれんかったさかい、とにかく駅まで来てみたンや。セーラー服にお下げに眼鏡や、すぐ昌子ちゃんとわかったわ」

「おばちゃん、おおきにありがとうございます。このたびは、ほんまに、えらいおせわになります。よろしゅうおねがいします」

「そんな、たいそうな挨拶はいらんし。昌子ちゃんは昔から、わてらの子供みたいな者やないの。おっちゃんも喜んでるよ。他に荷物は？」

「手荷物にして送ってもらいましたから、これだけです」

「そら楽やったね。ほんなら、このまま店へ行こか。すぐそこやさかい。ウチのおっちゃんにも会うてから、あんたの泊まる家に案内するわ」

叔母は昌子の父とおなじ匂いがした。白い割烹着のポケットロが煙草のやにで茶色に染まっていた。満州帰りのやり手で通っている菊が、誰よりも兄思いで、一家丸ごと面倒をみるからと、父の定吉に大阪へ帰ることをすすめ、仕事も家も用意してくれたのだ。

「わてが引き揚げてきた時は丸坊主で、男に化けてたさかい、昌子ちゃん、目えむいたやろ。ようよう女に戻ったけど、煙草は吸うし、パチンコはするし、おとこはんそこのけや。あんたのお母ちゃんには嫌われるやろなあ。

旭町通りは駅前の闇市から商店街になったんよ。ここで店張ってのしろうと商売や、わてみたいな男勝りやないと、やっていかれへん。

ウチのおっちゃんは満鉄くずれのインテリやさかい、船場（せんば）や丼池（どぶいけ）の問屋街の旦那衆には気に入ってもろて、話が合うねん。仕入れ専門の社長はんや」

店の客相手に男顔負けのはたらきをする菊が、憂さ晴らしに煙草を吸い、パチンコするのも無理ないのかもと、昌子はうなずいて聞いた。

「おばちゃんは、ほんまにえらいなあ。うちもがんばります」

案内された旭町通りは、近鉄阿倍野駅の前から飛田（とびた）に向かって下っていく坂の商店街だ。闇市の屋台がそのままバラックに成長したような店が、せせこましく並んで、低い軒に看板を連ねていた。

めし、ホルモン、うどん、関東煮（かんとだき）、シナソバ、洋食、なんでもありの食べ物屋からは、旨そうとは言いがたいごったまぜの異臭がただよってくるのだが、通りは活気に満ちている。小間物や洋品の雑貨屋、古道具屋、呉服・洋服・古着など、衣類の店も負けず劣らずに、店頭に品をせり出すようにして商いを競っていた。

市内ばかりでなく、和歌山、岸和田、河内といった地方から、飛田遊郭や新世界の盛り場をめざして来る男たちの通りだという。その賑わいの中を、昌子はあっけにとられ、きょろきょろしながら叔母のあとを歩いた。

昌子の家の家紋に因んで、マルニ紳士服店の看板を上げた叔父と叔母の店は通りの西側に聳える崖にへばりつくように建っていた。

「おくさん、おかえりやす。あ、嬢さん、遠いとこから、ようお越しで」

若い男が愛想よく迎えてくれた。

「この子な、店番の勇ちゃんや。親が広島のピカドンにやられて原爆孤児になってしもて、チンピラ仲間のテツ兄が大阪へ連れてきたんよ。わて、二人とパチンコ屋でこころやすうなってな、この子は器量もましやし、頭もよう回るさかい、気に入って、うちの店においで言うたんや」

「おくさんに拾うてもろて、ほんまに助かりました。テツ兄と食うてる時は、いつ手が後ろに回ることやらと、ビクビクもんでしたさかい」

「えらい目に会いはったのねえ。ピカドンはいくつのとき?」

「中学三年の夏ですわ。呉の方へ勤労奉仕に行ってたので、被爆はせずにすんだけど……」

「ほんなら、私より三つ上のおにいさんやねえ。よろしゅうたのみます」

「こっちこそ、よろしゅうおねがいしまっせ」お互いが頭を下げ合った。

「あんた等、仲良うしてや。昌子ちゃんにも店番の手伝いはしてもらうさかいな」

菊叔母がニコニコと口を添えた。

「社長、お待ち遠さーん、昌子ちゃんがつきましたでぇー」

叔母の大声に応えて、店の奥のせまい階段から長身を折るようにして叔父が顔を出した。

――いかつい鬼瓦みたいな顔したはるけど、音治さんはほんまの紳士、親類中で一番いい人――と母から聞いている叔父である。

「やあ、ようきたねぇ。お疲れさんお疲れさん。さあさあ、こっちへ上がっておいで」

こわい顔の相好をくずして優しく手招きしてくれる叔父の大きな口に金歯が光る。

なんやら馬面のお獅子さんみたいと笑いをこらえながら、昌子は気をはずませて階段を登った。中二階の小部屋からさらに段梯子をよじ登ると上の座敷に出た。

後ろから叔母が「ややこしい家やろ」と呟きながら上がってきた。

六畳と四畳半の二部屋を店の上に造ったのだと説明しながら、「ここの戸を開けたら、こういうことや」と叔父が笑った。

戸の外はいきなり焼け跡の野原で、目の前にむき出しの水道管がたちあがっている。露天に粗末な木の流し台が置いてあって、蛇口に差し込んだゴムホースで水が引かれている。

「まだ、台所無しや。なんせ定吉兄さんが家族を連れ戻す決心しはったさかい、住む家をなんとかせんならん。『この際、店を改造してわしらはここに住んだらええ、昌子ちゃん家族に、うちの家を明け渡してやろうやないか』って——この人が段取り一切してくれはったんよ。

おっちゃんに仰山、お礼言うてや」

「おおきに、おおきに、ほんまにおおきにありがとうございます。おっちゃん」

「明後日は大手前の転入試験やろ。わしが父親代わりに付き添っていくから心配せんでもええよ。試験がすむまで待ってるし」

「大阪城の真ん前やから、大丈夫一人で行けます。テストは自信ないけど……。

始発駅の阿倍野橋から乗り換え無しの市電で、一本線でいけるし、大手前停留所で降りたらしまい、府庁の隣が大手前高校、きっちり頭に入ってますよって」

昌子はしっかりしてるからと菊が言い、筋向かいのうどん屋から届いたきつねうどんを熱いうちにとすすめてくれた。一枚ままに煮込んだ具の揚げの旨さ、太いうどんの歯応え、懐かしい薄味のだし、空き腹に沁み込むきつねうどんの美味に、これが大阪やと昌子の身体中にようやく喜びが湧いてきた。

「そうそう、さっき阿倍野橋でびっくりしたんですけど、通天閣があれへんかった。なんやスカみたいな空見て、新世界も全滅やろ、どうなってるのって、ぼうっとしてしもて」

「昌子ちゃん、通天閣は空襲でやられたンやないで。

戦争中に大火事で焼けてしもたんや。すぐ下の映画館から火が出て、延焼で鉄骨までボロボロになってな、危ないから解体して塔は消えてしもた。

終戦の二年前や。鉄材は軍需物資に役立てよ言われて、お国に供出したんやて。

そんな話知らんさかい、わても満州から帰ってきたときにはびっくりしたよ」

「ヘエー、残念やねえ。もう再建は無いのやろか。通天閣が無いと、なんや頼りないわ」

しきりに頷いていた叔父が昌子に述懐した。

「わしかて同じや、やっぱり、地べたで苦労してる人間には、頭を上げて、仰ぎ見るもんが要ると思うてる。お城の天守閣だけはせめても無事やったけど、ここからは見えへん。

きっともういっぺん、ここの大阪人は自分らのために通天閣を建てよるで。大丈夫や」

戦争に負け、数え切れないほど沢山の大切なものを失ってしまって、どんでん返しの世の中で混沌の三年半が経っていた。これまでに無かった新しい生活に懸けて生きようと頑張ってきた人たちの界隈である。

昭和二十四年早春。再生や再建のエネルギーが熱風になって渦巻いているようなこの街に、昌子は元気付けられた。スタートに少し出遅れた我が家の劣勢を挽回させる役目が自分にもあるのだと意を強くした。

「ぼちぼち、あんたの家へ行こか。あんさん、店、頼みまっせ。わて、案内してきますさかい。昌子ちゃんもあっちの方が落ち着きますやろ」

「ここから近いんですか。どんなとこやろかって、皆が楽しみにしてました」

「歩いてでもいけるけどな、今日は上町線の電車でいこ。近鉄百貨店の前から出て、住吉公園へ行く電車、覚えてるやろ。住吉さんにお参りしたり、浜寺へ海水浴に行ったりしたときの電車や」

「うん、よう覚えてます。子供の時、お正月の晴れ着で、住吉さんの太鼓橋を登るのも降りるのもこわかった。小学校の海水浴はいつでも浜寺やったし、あそこの松原、ほんまにきれいやった」

「ええとこはぜーんぶ、進駐軍が占領や。浜寺のおおかたは日本人立ち入り禁止になってしもてるよ」

市電のように街路の真ん中を通って、上町線「阿倍野斎場」の次は「松虫」、なにやら風流な名前の駅で下車して、丸山通りに入った。阿倍野辺りではここが結構な高級住宅地だったというが、大阪大空襲での被害が大きくて、立派な邸宅のほとんどが焼けたらしい。

しかし、空地には小さいながらも本建築の家がぽつぽつと建ち、この通りの復活振りを物語っていた。丸山通りを右に折れて、ゆるい坂を上がると背丈の二倍もある高いコンクリート塀に突き当たった。

「ここ、むかしの大谷女学校や。いまは大谷女子高校いうんかいなあ」

学校の塀沿いの道が二別れする扇形の敷地に、その住居があった。

「この家の二階があんたとこや。運良う焼け残ってな、古いけど静かなええとこやで」

菊が立て付けの悪い玄関の引き戸をこじあけて、

「小浜（こはま）姐さん、居たはりますかー。昌子ちゃんが着きましたー」と奥に声をかけた。

「ご苦労はんでしたなあ。おつかれさん」

優しい声音で挨拶しながら、玄関に着物の女があらわれた。水商売上がりとは、こういう感じを指して言うのかな、昌子はこの人の前身をふと思った。

白髪まじりの毛束をきりりとまとめ上げて髷を結い、襟を抜いてゆるくまとったお召しに半幅の博多の帯を結んでいる。母にも叔母にも無い着こなしだった。

案内された二階は六畳二間に四畳半の手ごろな広さだった。東側の六畳間には三尺幅の廊下がついて四枚戸の硝子障子を開けると手すり越しに外が望めた。

間借りとはいえ疎開先での蚕（かいこ）小屋暮らしに比べれば天と地のちがいだった。やっと家らしい家に住める喜びがこみあげてきた。

戦災で消えてしまった昔の自宅、あの深江の家の二階からは生駒山が正面に望めた。ここからは、学校の塀にさえぎられて遠くは何も見えないが、今はこれで充分なのだ。一人残って畳の上にねころんで、がらんとした広さを味わっていると階下から「お茶でもどうぞ」と小浜さんに呼ばれた。

家族が着くまでの三日間はすべて小浜さんの世話になることがきまっていた。

小浜姐さんは昌子を玄関脇の洋間に招いてここで勉強おしやすと言ってくれた。ベッドのある部屋だった。普通の家庭の暮らしには珍しいことなので昌子はびっくりした。

「この部屋にはときどきお客さんが泊まりはりますの。常客さんがありましたんやけど、今は御用が無いので空いてますよって、遠慮のう使(つこ)うてちょうだい」

「こんな素敵なお部屋、よろしいんですか。テーブルや椅子も勉強させてもらうのに丁度いいし、助かります」

子煩悩な定吉が待ちくたびれているだろうから、ここでの話はあとまわしにして、すぐ父に会うようにと菊にうながされて戸外に出た。

「歩いて帰ろか、こんどは近道を行ってみよう」と誘われて、大谷女子高校のコンクリート塀際の高台の細道をたどった。

断崖を境にくっきりと市街が上下に分かれているのにおどろく昌子に

「あそこが天下茶屋、この下の辺りは芸人さんらが住んでる天王寺村いうとこ。あの辺りが飛田、もうちょっと向こうが釜ヶ崎やでえ。

この崖の上と下では天と地ほどのちがいやねん。

わては時々ここに立って、あっち側へ転がり落ちんようにがんばらなアカンと自分を励ましてるのや。あんさんもおきばりやす」

冗談めかしていう叔母のことばをかみしめて、バラックのぼろ屋根が続く汚ない町並みを左手に見下ろしながら歩いた。なんだか気のめいる崖際の小路はいきなり墓石の大群落の中に分け入った。

「ここが阿倍野斎場や。どえらい墓場やろ。ここを通り抜けて、その横道の先がうちの店やで」

近いのか遠いのかさっぱり分からなかったが、上町線の路面電車の窓からでは決して見られない大阪の秘所をのぞいたような興奮があった。

――マルニ紳士服店のある旭町通りは、上の世界から下の世界に通じる魔の坂や。楽しみに飢えた人々を新世界や飛田という異界へ誘い込むあやかしの町の、商いのあがりでうちの人間が生かしてもらうことになるわけや……。堅物(かたぶつ)のおかあちゃんが知ったらふるえあがるやろに――

　そんな思いで店にたどりついた昌子を、菊叔母は店員の勇にまかせた。

　本店のここが上の店、父が任せられているのが下の店、と呼んでいるのだと、勇が案内してくれた。

　定吉は陳列のすき間で背中を丸めて算盤を入れていた。

「おとうちゃん、来たよー」

「わあ、昌子かいな、びっくりしたー」

　椅子から飛び上がって、大仰におどろいてみせて、相好をくずしている。慣れない商売でどないしてはるのやろ、という母の心配は無用らしい、昌子がほっとしたほど、定吉は意気が良くなって若返った様子だった。

　夜店の屋台が二つ分くらいの広さしかない父の店は、旭町通りと、市民病院裏へ斜めに上る荒れた坂道とが交差する、三角形の空地に建てられていた。

「なんやこれ、この柱、電信柱やないの?」

　昌子は素っ頓狂な声を上げて店の外へ出た。道路脇の電柱を取り込んで、三本柱の小屋がけになっている。

「しょうが無かったンじゃ。見つかって、アカンとなったらそれまでや。菊がかまへん、

やってしまえ言うさかい、ここで稼がせてもろてる」首をすくめて見せる父親に
「こんな店、見たことあらへん、おかあちゃんがきっと腰抜かしはるわ」

と昌子も笑うほかなかった。

板壁に針金を張り巡らして、背広の上下や替えズボン、ジャンパーなどがハンガーで吊るされ、にわか作りの台の上にワイシャツや肌着類が積み重なっている。

「半分以上は古着やけど、こんな狭いとこでも商売になるさかい、張り合いがあるでぇ」

と定吉はいかにも嬉しそうなのだ。

「昌子、大阪にはびっくりしたやろ。昔の家のあたりな、深江は全滅や。工場だらけやったから、狙われたンやろなあ。どこもかも焼け野原になったらしいで——だれかは戻って来てるかも知れん——近所の人ら、ほんまに、どないしとるかなあ」

「みんなバラバラで行方不明になってしもたねえ。うちらがここに居る事かて、しらせようがないもん。生きてさえ居れば、いつか、どこかで、いや、きっと大阪に居ったら会えるよ」

「ほんま、そうかもしれん。ふらっと新世界へ遊びに来る連中も居てるやろ。ここ通ったら、わしが見逃さへんぞ、しっかり店で見張ってるさかい。ひょっとしたら、知った顔に会えるかもしれんなあ……」

「そやけど、新世界いうたら、通天閣やろ。あれへんやなんて、頼りのうて、つまらん」

「そやのう、やっぱり、あのライオン歯磨のネオン、なつかしいのう。阪妻の坂田三吉、女房の小春が水戸光子やった、あの映画覚えてるか」

「覚えてる、覚えてる。『王将』やろ。おとうちゃんと無理して、松阪まで観にいったやんか。あんなよかった映画、忘れるわけないよ。ほれ、天王寺長屋の路地で三吉が涼み台で将棋してる場面で、わっ、通天閣や、見てみぃ、わあほんまや、いうて、二人で喜んだやないの」

「あれでホンマに大阪が恋しゅうなったな、わし、新世界の前のルナパークのことかて覚えがある。この歳ではもういっぺん、花咲かすことは無理やとおもうけど、昌子はこれからや。世の中ぜーんぶ、真っさらの新世界になったんやないか。

おまえも自分の通天閣たててみんかい。

丸焼けになったかて、新世界は不滅じゃ。平和になったさかい、じゃんじゃん復活して遊ぶとこも、食うとこも、映画も芝居も、なんでもあるぞ。

おまけに飛田遊郭だけは助かって、昔どおり繁盛しとおるで。ジャンジャン横丁いうおもろいとこも生き吹き返しよった。

ＧＨＱが売春にやかましいけど、いまは赤線いうて、特別に指定されてる区域だけＯＫ。

そういうこっちゃ」

「なんや、おとうちゃん。ええ話してくれはる思うたら、いややねえ。うちは、飛田なんか、ぜったい反対やわ。きちんと禁止して欲しいよ」

「飛田が無(の)うなったら、旭町の商売はあがったりやで。
昌子やお母ちゃんみたいに真面目人間には許せんことだらけの世の中でも、めしのためなら、目えつぶらなあかん事が仰山あるわいな。
戦争に負けて、お国のタガがはずれてしもたさかい、良(ええ)も悪いも無うなって、かえってむずかしいわい。民主主義や自由主義やいうたかて、うちには関係ないんじゃ」

大阪でも飛びきり柄(がら)の悪い界隈で、商売などしたことの無い定吉が算盤片手に売った買ったの駆け引きに苦労してくれているのも家族のため。疎開生活で食い詰めた挙句の、一家再出発のためなのだ。

家族より一ヶ月先に出発してこの店を任された定吉は、夜には床にござを敷き、座布団と毛布の寝床で仮眠し、三度の食事は上の店の世話になっている。

丸山通りの間借り生活が整えば、この店はピカの勇ちゃんが受け持つことになるらしい。

人手が足りないから、学校帰りには店の手伝いをして叔父叔母のご恩に報いなくちゃ、と昌子は心に固く決めずにはいられない。

マルニ紳士服店では贔屓（ひいき）の固定客もできて縫製所が必要な時期になっていた。定吉の腕を生かして専属の仕事場で注文品や質のよい既製服製造を手がけてもらいたいという叔父社長のすすめで、家族ぐるみの引越しが決まったわけだった。

何もかもが叔父叔母の力添えのおかげだったから、その恩義になんとしてでも応えなければと、定吉が必死に働いている。律儀な母と違ってのんきなトオさんと言う一面もあるはずの父親が気の毒なほどだった。

疎開貧乏で売りつくして残った所帯道具は古蒲団とわずかな衣類、最低限の台所用品だけ。後生大事に手放さなかった職業用のシンガーミシン二台と、厚さ一寸五分、幅一尺五寸、長さ一間の仕事板四枚とその台四脚という大道具たちは江村一家の命綱となるはずだ。田舎暮らしの後始末はすべて母親の仕事だった。

疎開先の山村の小学校で、青年学級の女生徒たちに洋裁を教えていた多可は、教室の後継者を見つけるのに難渋していた。世話好きな教頭の口添えのおかげで、ようやく隣村から適任者をみつけてもらって段取りがついた。

弟の転校手続きも整い、荷物の運送の都合が付けばすぐ大阪に来ることになる。

六年前、大阪を発った時にはトラック一台に溢れるばかりの物持ちだったのが、今度はがらがらのダットサンの荷台に母子も乗り合わせて、すってんてんの引き揚げだ。

闇屋のブローカーで儲けている隆太さんが運転してきて、ついでに大阪でうんとこさ仕入れて帰る予定らしい。隆太さんの予定ではあと十日程、と母から店の電話へ言付けがあったという。

定吉の話を聞きながら、昌子は新生活のスタート台に立った興奮で身体を熱くしていた。

大手前高校への転校は難なく許された。前身は大阪随一の名門、大手前女学校である。世が世なら、教育程度の低い田舎の女学校から来た昌子ごときが、名だたる〈大手前〉の生徒になれるわけがない。テストに手こずった昌子には夢のような結果だった。

ひとつは教育制度の改革がはじまったばかりの、ドサクサ紛れによる幸運。ふたつ目は戦災者同然の疎開者や、国外からの引揚者の子女を受け入れざるを得ないという学校側の優しい配慮のおかげ。そういう気がしていた。運が良かった。

本人よりも喜びを爆発させたのは周りの大人たちだった。

「頭の良い子に生まれてきてくれて、ありがたいことや。やっぱり、昌子は希望の星や」

定吉がいうと、菊叔母がわが意を得たりとばかり話をふくらませた。

「ほんまや、兄さん……明治の御一新のあとはもう運の悪いことばっかし続いて、江村の家はあかんようになってしもた。きっと先祖代々の念がこもって、この子を守ってくれてはる。昌子には幸せになる運がついてるにきまってるわ」

「江村には健ちゃんという跡取り息子がちゃんと居るさかい、昌子ちゃんをうちの子にほしいなあ。わしらは子無しやさかい、うちの娘になって、ええ婿さんもろて、武井の名を継いでくれたら、わしらも働き甲斐あるでえ……なあ、菊よ」

「わても、おんなじこと思てるわ。本気やで。昌子は兄さんとこの大事の子やさかいなあ、なかなか。お多可さんには冗談にも聞いてもらえん話やろけどなあ」

大人たちの思い込みに励まされ、期待にこたえるためには頑張るしかなかった。

大手前高校三年生の新学期が始まる三日前に、ようやく多可と健一が荷物と一緒のダットサンでやってきた。大阪でのあたらしい親子水入らずの生活が嬉しかった。

炊事のこしらえは階下の小浜姐さんの流しを借りて、煮炊きは物干し台の上。七輪（カンテキ）で炭火をおこして、ご飯もおかずも作るという不便な二階暮らしだが、昌子にはそれさえも愉しい。

階段の上り下りのたびに足音をしのばせ、ミシンの音に気兼ねして、多可だけは神経をすり減らすようにして働いていた。

小浜姐さんは縁側に座布団を敷いて浄瑠璃をうなるのを楽しみにしている。べべーん、べーんべんべんと糸をはじく音と一緒に、「まさこはーン」と浩（ひろ）ぼんの声がかかる。

階下の座敷の襖を引くと、美男の浩ぼんがウィンクして「聞いてやってちょうだい」と手招きする。

粋な母親は小作りな身体に太三味線を抱いて、細い首をありったけのばして

「いまごろは〜〜はんひっつあん、どこにどうしてござるや〜〜ら」

と声張り上げてさわりを聞かせてくれるのだが、昌子はなによりも浩ぼんの色っぽい魅力にうっとりと見惚れてしまう。

分けありげな親子だ。姐さんが待ちわびる旦那との間に生まれた息子ではないらしい。浩ぼんはどこかに勤めている様子がない。一日中ごろごろと座敷にころがってレコードを聞いたりラジオを鳴らしているかと思えば、夕方、てかてかにポマードで光らせた髪をオールバックに撫で付けて、ジャンパーを羽織って出かけたりしている。

学校帰りの昌子に出くわしたりすると、遊び人に特有の危ない色気を漂わせて、翳った笑顔で「ちょっと、いってきまっさ」と軽く敬礼して去って行く。

田舎では苛められっ子だった弟の健一は、近所の猛くんとすぐ仲良しになり、丸山小学校に嬉々として通学していた。猛くんの母親と小浜姐さんが親しい間柄だったので、お友達になってねと引き合わされた二人は、放課後も日が暮れるまで一緒に遊ぶようになった。

多可は健一に良いお友達が出来たと喜んでいたのが、

「あの子の母親はおメカケはんでっせ」という誰かの告げ口で
「あんまり猛ちゃんとこへ行ったらあかんよ」とたしなめた。

「なんでやねん、おかあちゃん」と健一がふくれた。

うすうす事情を察していた昌子は助け舟を出した。

「かめへん、かめへん。大人同士の話や。子供には関係ないねん。

健ちゃんも猛ちゃんも、仲良うしてたらええよ」

それにしても、まともに働かないで暮らしているここの人たちを多可は「いやらしい人らや」といい、昌子や健一を遠ざけたがった。

〈働かざるもの食うべからず〉は人間の暮らしの基本ルールだとする両親の生きる姿勢をまっとうだと思う反面、〈春をひさいで暮らす〉連中を忌み嫌う世間並みの立場にも徹しきれない昌子だった。旦那に囲われている小浜姐さん、妾腹の子と蔑まれる猛とその母、「若いツバメ」に違いない浩ぼん。焼け残りの阿倍野界隈にしぶとく根を張っている人たちの踏まれ強さは何なのだろうか。


大阪城の大手門に堀を隔てて面している大手前高校はまるで別世界の聖域にあった。

戦争前の旧世界の主要な建物がそのままのかたちで残り、ＮＨＫも府庁も警察も戦後の新世界の拠点として大阪の中枢機能を果たしていた。変わらない大阪がここに厳としてあった。

大手前高校も伝統的なたたずまいの旧校舎。新教育の制度に対応して、男女共学になってはいたが、旧制女学校のお嬢様生徒たちの気配が色濃く残っている校内で、いかにも居心地の悪そうな少数派の男子生徒が学んでいた。

「江村さん、田舎から来はったにしては、あなたの大阪弁、きれいやねえ」

国語の時間に、同じ机にすわった宮田さんがおっとり、はんなりとほめてくれた。

クラスメート達の誰もが親しく優しく声をかけてくれて、愛想よく人当たりが良いのはさすが大阪だ。しかし彼女たちには女学校時代の三年、新制高校になってからの二年、あわせて五年間の学校歴がある。そこで親密に結びついた関係の中で、昌子が本当の友情に恵まれる隙間などあろうはずがない。新参者は単なる珍しいお客さんでしかない。

男子校のトップに数えられる名門北野高校から編入してきた男子生徒たちも、まだぎこちない存在だった。教室内では弁の立つリーダー格の生徒の周りにたむろして、椅子や机をがたつかせながら大声で談笑しているのだが、女生徒とはほとんど没交渉の様子なのだ。

転校して一ヶ月ほどで学校の空気には馴染めるようになった。

男生徒のなかでいちばん心安い存在が山野君、仲間からヤマちゃんと呼ばれて茶利で笑わせてばかりいる。昌子は腹の中で彼をチョロ松くんと呼んで軽んじていた。

その彼が席を離れず机に向かっている昌子に、おちょくり顔で声をかけてきた。

「江村さん、あんた勉強家やねぇ。休み時間ぐらいぼーうっとしたらよろしおまっせ」

「休むひまがないんです。授業がついていけない程はやいし、ずっと先へ進んでるし、筆記できなかったこと、覚えてるうちにノート整理せなあかんのです。数学はほんまにチンプンカンプン。どないしたらええのか……山野君、教えてもらいたいですわ」

「そうかぁ、数学はぼくにも、どないもならんねぇ」

「微分やら積分やらときたら、前の学校で全然やってなかったンです。皆目分からないからノートも白いとこだらけ。借りて写させてほしいんですけど」

ヤマちゃんは誰かに頼んでみると仲間の許に足早に戻っていった。

その日の放課後、ヤマちゃんから数学の天才だと水谷君を紹介された。同じクラスだから彼のずば抜けた秀才ぶりにはいつも感嘆させられていた。白皙の美少年とは水谷君をいうのにぴったり、と思うほど魅力的な存在ではないか。ヤマちゃんの親切に手を合わせる思いで昌子は二人に最敬礼した。それだから、ひるまず

「数学が全く分からないので微積のはじめから教えて下さい」と申し込んだのである。

なんと彼は眼鏡の奥の鋭い目を和らげて「いいよ」といってくれた。

きっと困ったに違いないが、結局、そのまま水谷君の家に行くことになった。淀屋橋の自宅まで、てくてくと先にたって歩く彼の後に従いながら、運動靴が破れていて踵(かがと)がパクパクロを開けているのを観ていた。やっぱり、同じ貧乏をしているんだと昌子は妙に安心した。

彼の家は昔ながらの格子造りの町家の構えで、市電も地下鉄も通っている市街地の真ん中に、一軒だけ残っているのが不思議なほど古風な住居だった。

格子戸の中の薄暗い土間に父上が出て来られた。長髪を後ろにまとめて結わい上げ、作務衣(さむえ)のような和装だった。見たことのない出で立ちだったので驚いた。

江戸時代の漢学者という感じの方に、昌子はきをつけの姿勢で挨拶した。

「水谷君に数学を教わりに参りました」

「ほおうっ」と言って、向こうも驚いた様子。

「伊勢から転校してきはった江村君ですわ。ほな、さっさと始めよか」

天井を指差していうと同時に土間から右手の小部屋にひょいと一足飛びに上がった。

四角い天井穴に向けて壁際から梯子を立てて、水谷君が先に登り、「上がって来いよ」という。びくびくと上がると天井裏が彼の部屋だった。梯子を引っぱりあげて上り口の床板を閉めると隠し部屋になる仕掛けを見せてくれた。

昌子は胸の動悸を抑えて彼の古いノート写しに集中した。

体当たり作戦は大成功だった。その後も数学は苦手のままだったけれど、数学の授業の苦が薄れた。分からぬことがある度に、水谷君に解いてもらう喜びがある。

同期に朝鮮の京城（けいじょう）から転入した禎子（さだこ）さんは「あなたのしんぞうにはおどろいちゃう」と急に冷ややかになった。禎子さんの父親は京城大学教授、帰国した今は大阪大学理学部教授。昌子にとって禎子さんは雲の上のお嬢さまだから、軽蔑されても仕方がない。

ヤマちゃんのおかげで他の男子生徒たちにも臆することなく話せるようになって、昌子の向こう見ずな性分に火が付いた。生意気盛りのセヴンティーンである。男生徒たちの少数派が左翼思想に傾いて、社会科学研究会、俗に「社研」の活動に積極的だった。昌子も誘われた。

校庭でプラカードを掲げて、イールズ声明反対とか、学園の自治と自由を守れとかを叫んで走り回った。校外に飛び出すこともせず、狭い校庭内でのほんの一握りの生徒たちの示威行進なんて児戯（じぎ）にも劣るあほなことではあった。気持ちの良い昂ぶりを味わった。

そして少数派たちは職員室でこっぴどくお叱りを受けた。

昌子の家族たちの誰も知らない高校生活だった。

丸山通りのきゅうくつな二階暮らしではあるが、父母の稼業は軌道に乗り始めていた。

ぼんさん時代から修業して職人になった途端に召集された巌（いわお）さんが、戦地に出港する直前に敗戦になり命拾いしました、と誰より先に職場復帰して住み込んだ。千人力だった。

しかし番狂わせも起きた。

大阪での再会を約束し、指きりげんまんして別れた登美の身にたいへんな事情が生じたのだ。昌子の母と弟が乗るダットサンに登美の荷物も預かって運ぶ話もきめて、準備を進めていた最中に、父親の伊藤さんが水銀鉱山の坑道内で大怪我を負ったのだ。出発間際に登美ちゃんが駆けつけて泣きながら話し、後のことはまた、と駆け戻ったという。

それきりで消息がないまま、代わりの人手が必要になり、多可の裁縫塾の生徒だった清（きよ）子（こ）がさっそくにやってきた。清子は誰よりもいちばん多可を慕い、先生、先生とまつわりつく生徒だった。登美ちゃんを連れて行くなんてひどい、私のほうが役に立つのにと口惜しがっていたので、清子は飛び立つように村を出て来た。

着いた日の夜には多可の蒲団にもぐりこんで泣き、みんなを唖然とさせた。

「あのひとに捨てられてしもうて、わたいはもう、死のうとおもうてたのやさ。よう、手紙をお呉れなしたこと……。助かりました、目えがさめましたわ。大阪へ来れたやなんて、うそみたいや、夢とちがうのやろか。わたい、なんでもします。どうか、せんせ、一生おそばに置いておくんな。ほんまにーほんまに……」

「あんなしょうもない男、清ちゃん、これでけりがついた。大阪でもっともっと良いひと見付かるわ。しんぼうして、がんばってや」

多可が清子を撫でさすっている様子を横目でみて定吉が
「なんやしらん、おなご同士できしょく悪うなるわい。もう、ええかげんにしておかんかい。明日からすぐ仕事やぞ」

階段手前の部屋には母、昌子、清子の女たち、襖を隔てた奥の六畳間に父、弟、巌の男たちが枕を並べて寝た。雑魚寝するそれぞれの寝息やいびきを聞きながら、親子水入らずの終りを悟った。こんな暮らしであろうとも、昌子はかけがえのない居場所としてのここがある幸せを噛みしめていた。

学校帰りにマルニ紳士服店で働くことは日課になっていた。店は夕方から客足が繁くなる。

既製品ばかりでサイズに無理のあるものも「すぐ直しまっせ、そこらでちょっと、パチンコでも」と客を待たせ、急ぎの修繕をするのが昌子の仕事だ。

見よう見まねで針が使える、ミシンも踏める。ズボン丈の詰め、袖丈の調整など、家でのマトメ仕事の手伝いで鍛えられているのでお手の物だった。

「親譲りで器用なこっちゃ、おかげで大助かりやわ」

菊叔母が喜んでアルバイト料を弾んでくれるし、社長は社長で、

「美味いビフテキおごるでぇ、近所に開店したフランス軒やけど、なかなかのもんや、肉もほんもの食わせてくれよる、義兄(にい)さんも誘うわ」

大の肉好きの定吉まで呼び出して、ご馳走してくれるので親にも孝行娘だと喜ばれる。

「女学生のねえちゃん居たはりまっか。おばはんはきついけどな、あの子は愛想があっておもろい。ちゃんと駆け引きもしよるけど、まけかたが可愛らしいさかい、つい買わされまんねん。ええ後継ぎになりまっせ」

お得意の澤田さんが気に入りにしてくれて、新客を連れてきて昌子に服を見立てさせると、菊叔母はわが意を得たりとばかり、

「この子のおとうちゃんは紳士服仕立ての名人で通ってますねん。昌子も目が肥えてますさかい、お品選びには役に立ちまっせ。見立ても上手で、これのセンスにはわてもかないまへん」

昌子の売り込みに熱が入る。値札には数字が書かれていない。墨字で片仮名の符丁が付

けてある。勇ちゃんに教えてもらって、ようやく空で覚えた。

〈コノミセハモウカル〉の九文字に数字の1から9までを当てはめるのだ。誰が考えたのだろう、うまい呪文だが、うっかり忘れて客の前で指を繰って唱えたらたいへんだ。

時々、指がピクピクッとなって、昌子を慌てさせることがある。

商品を選ぶ手伝いが昌子の役、あとの算盤の弾(はじ)き合いは菊と客の呼吸で決まった。

まけとけ、まからんの決着がつかないときには、昌子の一声が効いた。

「おばちゃん、頼むわ、もうちょっとだけ勉強してあげて」

「しゃあないな、やけくそで、これでどうだす。ここらでかんにんしておくんなはれ」

「よっしゃ。もらいまひょ。ねえちゃん、おおきに」

商売の呼吸というか、掛け合いの売りと買いのことばのやりとりが好きだった。

大阪人は漫才調で会話を楽しみ、けんか腰でボロクソに言い合ううちに吹き出して、笑って納まる。騙した相手が賢くて、騙されたワテがアホだんねんと頭をかいてしまう。

その気が多いのが昌子の父親。紳士服を仕立てる技だけが売り物の職人だが、話し上手、座持ちのうまさが役に立つ。問屋の旦那衆や洋服屋仲間の親方衆の集まりで面白がられ、仕事の伝手(つて)が広がった。

「うちのよめはんは石部金吉ですさかい、家のこと、金のことも全部任せてますねん。

こわいおかあちゃんですわ」定吉の女房自慢の決まり文句だ。

遊びごとへのお呼びも増えるので、母親の多可は夫の幇間ぶりを嫌った。

「ええものを作ってこその職人ですがな。お父ちゃんの値打ちはその腕だけで充分ですやんか。人にへつらい過ぎとちがいますか」

へこまされている父親に昌子は同情的だ。

多可は曲がったことをゆるせない。戦争に負けても明治天皇と乃木大将への尊敬は変わらない。義侠心に厚く、情にもろく、まわりのために自分の苦労をいとわない。

艱難汝を玉にす。我に七難八苦を与え給え。金剛石も磨かずば玉も光もなかりけり。母親の金科玉条がいつも昌子を育てた。刻苦奮励努力せよと戦時中も教育された小国民だったから、修身の教科書や教育勅語のお手本のような母親を窮屈ながらも尊敬してきた。

両方の血を受けている昌子にはそれらが微妙にざわめいて、ほんとうの自分がどうなっていくのか、大手前から先の道がどこにあるのか不安にかられることがある。

マルニの店も、丸山の家も仮の居場所のはず、でも今はここしかないのだ。

梅雨入りして間もない日曜日だった。注文服を届けに店に行き、「珍しく晴れたから夕方からが勝負やな」とパチンコ屋に出掛けた菊に代わって昌子が店番をしていた。

店先に傷痍軍人が立っていた。通学時に天王寺公園の入り口で汚れた白い患者服に戦闘帽、首から下げた紙箱にお金を乞うているあの一人だろうか。松葉杖をついてひょろりと背高いのが店内を窺うようにして去らない。

「なにか、ご用ですやろか」

「あのう、社長はん、おられまっか、河内の忠男ですねん。取り次いでもらいたいンやけど」

店の片隅の急な段梯子を上って板戸を引くと中二階の小間がある。誰も居ない。そのまま、控えの間に頭だけ突っ込んで三階の奥の間へ声を張り上げた。

「おっちゃん、お客さんがお見えですう。河内の忠男さんいうお方……」

「富田林の武井忠男ですわ。覚えてもろてまっしゃろか」

昌子は傷痍軍人が添えた言葉をそのまま復誦した。上からの返事に間があった。

「すまんが、ちょっと待ってもろて……」

いつになく、くぐもった叔父の声である。

「ただいますぐ参りますよって、どうぞ中でお掛けになってお待ち下さい」

不安定な小さな丸いすでは、腰を下ろすにも義足と松葉杖がままならない様子で、

「あきまへんわ、まだ慣れませんねん。立ってる方が楽ですわ」

気弱そうな笑顔で昌子の手出しをさえぎるのだが、男の緊張と疲れが気の毒なほど伝

わってくる。どことなく叔父に似ている感じがしたのは反っ歯の口元だけで、眉にも目にも厳つさがない。

武井って、おっちゃんとおなじ苗字やんか——、ふと気付く。

小間の引き戸が開いた。のっぽの叔父が前屈みに一気に降り立って背を伸ばした。

「いやあ、えらいお待たせしてしもて、すまんことでした。あんさんが……忠男君やて……」

「びっくりさせて、すまんこってす。わし、こんな身体になってしもたんですわ。だいじの足一本お国に捧げたかて、負けてしもてはかっこ悪いだけです」

「ご苦労さんやったなあ、忠男君。何よりも、いのちまでとられんかったのやから……。めでたい、めでたい。こうやって、会いに、たずねてきてくれて。夢と違うか」

叔父の涙をはじめて見た。店先ではどうにもならず、三階への階段は無理なので、昌子は外の坂道を登って裏の勝手口から居間へと案内することを思いついた。

叔父がその間の店番を引き受けた。叔父は昌子が姪で、江村定吉の娘だと忠男に紹介したので、すこし気安くなったのか、急な坂道を危ぶんで腰や背を支える昌子の手をこばまないで、おおきに、おおきに、を掛け声にして緩々と登った。

畳の間では両足を伸ばして、壁に背中を預けて、アア楽になりましたと忠男が寛いだ様子になった。

叔父と忠男の間でどんな話があったのか、昌子にはたいした関心もなかった。

パチンコ屋から帰ってきた叔母が上機嫌で、大漁や大漁やと手提げを一杯にして、こっちの景気はどやったという。

「なんや珍しいお客さんで」と忠男のことを逐一報告した。

忠男と聞いて菊の顔がこわばった。

「なんやて、忠男さんが……義男さんとちがうのか。いやいや、義男さんが現れるはずはないわな」

「まだ三階に居られるのやないかしら」

菊はエプロンを外し、手提げを昌子に預け、手櫛で髪をととのえ、そそくさと段梯子を登っていった。すぐさま上から甲高く「だあれもおれへんがな」と叫びながら戻ってきた。

「どこかへ出掛けたとしたら喫茶店(カフェ)ちゃいますか。私、お茶も出さんと失礼してましたさかい。店番せな、あかんかったし……」

「今になって、忠男さん、なんでたずねてきたのやろか。ほんまに因果なこっちゃ。

まさか、うちのおっさんが、おかげさまで二人して満州から生きて引き揚げてきましたやなんて、ぬけぬけと河内の家へ手紙でも書いたのやろか。

「まさか、そんなこと……わあ、いやや、いやや」

叔父がひとりで帰ってきた。忠男の姿は無かった。

「あんさん、お連れはどないしはりましたのや」

「どうもこうもない、ほんまにびっくりした。十五年ぶりになるやろか、忠男が義足に松葉杖で訪ねて来よったんよ。ま、くわしい話はあとや」

「さよか……。あ、うっかりしてた、昌子ちゃん、ごくろうさんやったね。早よ帰らな、お母ちゃんが心配してはるわ」

叔母に急きたてられて、昌子はさっさと店を出た。

家では仕事が片付いて、二階の部屋は、昼間外されていた襖が敷居にもどり、男部屋と女部屋にすっきり仕切られていた。男たちは連れ立って銭湯に出掛け、縫子の清ちゃんは早々と敷いた蒲団の中で腹這いになって、ノートをひろげている。読み書きの大好きな勉強家なのだ。

「ただいま」もそこそこ、腹ペコの昌子は階下へ駆け下りて洋間の勉強机に配膳してある夕食にとびついた。大根と鰤のあら煮、蜆汁、おこうこ、丼一杯の麦飯。闇市のおかげで疎開中とは比べものにならないほど食べる楽しみが増えた。

母親の多可は食事の都度、台秤で丼飯の量を測って皆の目前でえこひいきのない証をする。配給米だけではとても足りないのをやりくりして食べさせてくれる多可に、昌子は頭が上がらない。

「はい、おまけ」冷めないように新聞紙でぐるぐる巻きにしたふかし芋を手渡しながら
「毎日ごくろうさんやね。学校の勉強はだいじょうぶかいな」

「うん、なんとかなってるよ。まいど全力投球やけど……。

あのな、今日は店に変わったお客さんが来はったンよ。傷痍軍人のなりで、松葉杖ついて。おっちゃんがえらいびっくりしたはった。富田林の忠男さんいう人やわ」

「えっ、忠男さん？　おとうとの義男さんと違うてか」

「おばちゃんも同じこと言いはった。兄弟で忠義やて、親がよっぽど忠君愛国主義の人なんやね」

「そら、河内はなんというても楠木正成の国やがな」

「おかあちゃん、冗談は置いといて、あの人、誰やのん？　おばちゃんが顔色変えはった。留守の間のお客さんやったけど、名前聞いただけでよ……」

「昌子に教えてもしょうがないことやけど、ややこしい事情があるねん」

かいつまんだ多可の話では、忠男、義男兄弟は叔父・音治の息子たちだという。

しかし忠男は実子ではなく、叔父の血を受けているのは弟の義男。父親は違うが二人は同腹の子である。忠男は叔父の兄・音一の長男で、十才のとき父と死別した。心臓麻痺で急死した音一は働き者で、一家の大黒柱として林業と農業を兼ねる武井家を支えてきた。

音治は兄と違って肉体労働は大の苦手、寺内町の油問屋に奉公しながら商いを覚えたが、中学時代の親友のつてで、大阪の鉄道会社に入社することが出来、サラリーマン生活を謳歌していた。


頼りにしていた跡取り息子に死なれた両親の嘆きは大きかった。

十才の孫息子と三十そこその嫁が残されたのをどうするか。一番手っ取り早い解決策は、音治に兄嫁を娶らせることだった。農地も山林もそれなりの資産がある武井家の嫡男になった音治に嫁を迎えるとなると、家の中がややこしくなるだろう。すこし頭の弱い妹が未婚のままで居ついている。まだ五十代の両親は兄嫁の咲と小作人の働きを借りて農林業を守り抜く決心だった。

音治が咲と夫婦になってくれたら、大阪の勤めはそのまま続ければよいという。大の苦手である田畑や山の守りをせずに済むならと親の話を飲んだ。

咲は順調に音治の子を生み、男の赤ん坊は義男と名付けられた。小作人だった咲の両親が母屋の離れに住むようになり、家督相続人になるべき忠男はその祖父母に愛育されていた。二人の男の子の母親になった咲の力が大きくなった。赤ん坊は「音一の生まれ変わりや」と四人の祖父母に溺愛されている。

大阪とは全くちがう空気をすって生きている河内の家の暮らしに、音治はどうしても馴染めなくなっていくばかりだった。自分の居場所が無い。いつまでたってもそこは亡き兄と咲の家であった。兄の代わりに咲に子を生ませる種馬でしかない自分がやりきれない。義男が自分の子だという実感は妙に薄かった。咲をいとおしいと思う気持ちも無かった。

「そんな折、おっちゃんとおばちゃんが出逢いはったンや。

とうとう、おっちゃんは咲さんと義男ちゃんを捨てて家を出てしまいはった。とんでもないことに、満州に駆け落ちや。わたしら普通の人間にはわかれへん、恋愛ちゅうもんは正気の沙汰やないなあ。

ま、こんなこと、昌子には関係あれへン。知らん振りするこっちゃで」

叔父と叔母の過去にそんなことがあったとは、今の二人からは思いもつかない話だった。

多可の話を聞くうちに……あの時やわ、と幼かった昌子の或る日がありありと甦った。

隣家との間に細い路地があって、地面を焼く夏の太陽の熱射がとどかない。勝手口の戸の前には水を張ったバケツをおいて、広げた茣蓙（ござ）に化粧水の空き壜やクリーム瓶を並べ、折り紙を水に浸して絞り出した色水を入れる。

昌子とみっちゃんの大好きなままごと遊びの最中だった。

表通りがぱっと明るくなった。白いレースのパラソルを差した着物姿の女の人が立ち止まって路地を覗き込んでいる。手をかざして、優しい声で

「まさこちゃんは、どっちの子やろか」

ハーイと大きく応えた昌子をめざして、すたすたと近付いてきたその人は、四角い大きな紙包みを茣蓙の真ん中に置いた。

「はい、これは、おーみーやーげ」

後ろでパナマ帽を冠った背広の大男が笑顔で昌子に右手を挙げていた。

工場の町には眩しいような垢抜けたお客だった。二人が玄関から入るのを見届けて、みっちゃんを茣蓙に置き去りにして昌子は勝手口から飛び込んだ。

紙包みの中身を早く見たかった。お客さんは誰なのか。親類にこんな人がいるはずはない。座敷で挨拶を交わしている大人の間に割り込んで、

「おかあーちゃん、おみやげくれはったんや」

「まあまあ、すんまへん。なんや、お行儀の悪いこと。ちゃんと御挨拶しなはれ、昌子」

「おおきにありがとうございます」

「お土産、開けてごらん。昌子ちゃんは来年学校やったかいな。元気でなによりやね。欲を言うけど、兄さんとこ、もうひとり男の子が授かるとええのにねえ」

箱の蓋を取って昌子は大声を挙げた。夢にも見たことのない立派なおままごとセットだった。水道のコック付き流しやガス台、鍋、フライパン、食器その他、料理道具一式の揃ったミニチュアに親たちもなんと良くできていると感嘆した。

昌子はもうお礼もそこそこに、箱を抱えてみっちゃんの待つ路地に駆け戻った。

素晴らしい手土産の贈り主が父の妹の菊、紳士がその夫、と後で教えられた。二人は満州に渡ることになった、と別れの挨拶にきたのだった。

奉天の満鉄勤務になった叔父と叔母の暮らしは豊かな様子で、その後もロシアのチョコレートや毛皮のコート、防寒帽、純毛の毛糸など昌子への贅沢な贈り物がおりおりに届いた。物資が不足になっていくばかりの内地では、満州の楽園ぶりが羨ましいかぎりだった。

「たいしたもんじゃ。さすが、〈五族共和の王道楽土〉だけのことあるわい」

定吉がむずかしいことをいったのも思い出した。

「今になって忠男さん、何しに来はったんやろ」

多可の心配をよそに叔父と叔母の決断は早かった。

二日後の日曜日、昌子は使いに出された。天王寺公園の入り口で募金活動している筈の忠男を呼びに行くという用だった。

停留所前のいつもの切符売りのおばちゃんが、

「あれっ、学校休みやろ。今日はどこ行き?」と気安く声をかけてくる。

おばちゃんは市電の回数券をばら売りして稼いでいる。十一枚綴りで一枚分が儲けになるという商売だ。いつも満員の電車の中で車掌から切符を買うのが難儀なので、客には便利というわけで、いい稼ぎになるらしい。違法のはずだが大目に見られているのだろう。

「あそこの兵隊さんに用事がありますねん」

白衣の一人がハーモニカ、別の一人がアコーデオンで「異国の丘」を流していた。

そのそばで募金箱を抱えて頭を下げているのが忠男さんだ。驚いた顔の彼に用向きを伝え、店への同行を頼んだ。笑顔で頷いた二人の足許に募金箱を置いて、

「すまん、ちょっと行かせてもらうで」軍隊式の敬礼が板についている。

忠男の歩調に合わせてゆっくりと歩いた。

「自分のこと、聞いてくれはりましたか」

「はい、忠男さんがマルニの叔父の義理の息子さんという事情やなんか、うちの母が教えてくれましたけど、叔父と叔母からは別になんにも……」

「昔の恨みつらみを晴らしに来たのやありませんで。河内の家では無理なことをさせたのが悪かったんやと爺と婆が悔やんでました。

義男は父親が早死にしたと聞かされて育ったんで、大きくなって本真のこと知って……。実の父親に捨てられたというなんぼかの恨みが義男にはありますやろ。

意地でも家を守る気になってますわ。

自分は役立たずの厄介者や。復員してから悶々して辛抱できんようになって、大阪に来てしもたんですわ。陸軍病院で一緒やった戦友に誘われて、街頭で金を恵んでもらう身になってみたら、めちゃ情けのうて。

つい、マルニの叔父に泣きつきましたんや。恥ずかしいこってす」

満鉄入りを手引きした例の親友が、河内の実家に引揚後の音治の消息を漏らしていたという。行方不明のままにしておくのが忍びなかったらしい。

叔父夫婦の苦肉の策で、忠男は下の店「さんかく屋」で店番を任されることになった。

古着はそこそこにして、ネクタイ、靴下、下着のシャツやパンツなど、安物の洋品雑貨を主力に扱う店に切り替えれば、駆け引きの要領は簡単。正札から少々の割引でお客は無理を言わない筈だ。忠男が傷痍軍人だということが有利になるだろう。

昼と夕の食事は筋向かいのうどん屋が残り物で賄ってくれることになった。忠男は釜ヶ崎のドヤに戦友ら三人と同宿しているので夜の心配は無用だ。

他は好きなようにやれと、思いがけない居場所を与えてくれた音治と菊のはからいに
「おおきに、おおきに」と忠男は泣いた。

「わてらの、せめてもの罪滅ぼしですわ。せいだい儲けておくれやすや」


仕事始めの日の夕暮れに楽器を持った白衣の二人がやってきた。さんかく屋の前に立った一人が声をあげた。

「えー御通行中のみなさん、ご近所のみなさん。天王寺公園でおなじみのショーイ・トリオの歌い手・忠やんが、この度さんかく屋の店長に就任いたしました。

自分ら、ハモやんとアコやん二人が祝いの演奏をさせてもらいます。チンドン屋代わりのつもりでもありますので、よろしくご贔屓のほどお願いいたします」

何人かが足を止め、近所の店の中からも人が現れた。ハーモニカとアコーデオンが「リンゴの歌」をはじめた。

「なんや、派手なことしよるな。昌子ちゃん、手伝いに行ったりよ」

叔父が苦笑いして店先から見物している。昌子が駆けつけると
「忠やん、一曲歌わんか」とアコやんから声がかかり、忠男がニコニコ顔で頭をかきながら表に出た。岡晴夫の「あこがれのハワイ航路」のメロディーが流れ、びっくりするような美声で、晴れ晴れと臆面もなく忠男が歌った。無芸ですねんと言っていた忠男のかくれ技に昌子は聞き惚れた。

「うまいぞ、ニッポンイチー」

モクひろいのオッちゃんが引っ掛け棒を高く振って声をあげた。笑いと拍手が沸いた。祝儀代わりやと靴下を買ってくれる人が現れ、それに倣って買物をしてくれる客が続いた。縁起の良い始まりだった。

その日から常に、忠男はドヤで売れそうな品物を見つくろってリュックに詰めて帰った。釜ヶ崎の連中相手にさえ商売する意気込みだった。日が経つうち、軍手や地下足袋の注文が来るようになり、安い仕入れを頼まれた音治は、作業用雑貨の問屋探しにひと汗かかねばならなかった。

アコやんハモやんコンビにも仕事が増えた。

行く先々で我が店の宣伝に一役も二役も果たしてくれる二人だ。気を良くした菊が

「あんたら、もう衣装を変えなはれ。いつまでも傷病服ではしんきくさいやないの」

流行のアロハシャツを差し出されて、ど派手になったハモやんとアコやんは、新世界や飛田にぴったりのミュージシャンとして人気者になった。

界隈の居酒屋を流して、お客自身に十八番を歌って貰い、伴奏専門にしたらどうやと言う菊の思い付き。これが当たった。二人はマルニに恩返しとばかり、遊び人や芸人相手にせっせと格安背広の注文取りをしてくれている。菊が礼金を弾むので張り合いもあるようだ。

上の店・マルニの主任になったピカの勇ちゃんの働きにも拍車がかかった。

作業服のままの男がぬっと入ってきて
「なんぞ出物はないか、兄ちゃん」とぶらさがりの背広のハンガーをガチャガチャ物色し始めるともう逃さない。

「よっしゃ、まかしといて。なんぼでも無理しまっせ」

一世一代の飛田の客になるための、上から下までの身支度を親身になって引き受ける。財布の中身と相談で、遊びの金まで食い込まぬように一切合財を新しく整えてやる。

「昌子ちゃん、下の店で揃えてきてんか」

さんかく屋では飛田行きの肌着一式がいつでもこしらえてあるのだ。菊は支払いの済んだ客に売った衣類のすべてを入れた大きな風呂敷包みをもたせ、風呂賃を握らせる。

「そこの角の『柳湯』できれいになってきておくれやす。脱いだもんはこれに包んできたらよろし、明日の朝まで預かりますよって」

「おう、さよか。すまんな」

こういう上客も少なくなかった。菊と勇ちゃんの息のあったコンビが飛田通いの男たちの緊張を和らげたり、意気を上げたり。気の置けない店だと好んで立ち寄る定連が増えた。

「お客さん、これ、あんさんに特別のおまけだっせ」

「へえ、なんやろか」

「これさえあれば病気は大丈夫、PXからの横流しですわ。アメさんの舶来のゴムサック」

「わあ、そらぁおおきに、大事に使わして貰お」

ここでは男たちの欲情がむき出しになる。それを吸い込む飛田遊郭と言う別世界を昌子は想像しきれない。そこで働く女の人たちの、貧しく不幸な境遇がどこまで悲惨なのか。嬉々として坂を下っていく男連中を、誰彼無しに受け入れて、女が肉体で商売することが公認されている世界がすぐそこにあり、そのお陰を蒙って生活している旭町通りの人々にはなんのわだかまりもない。

たしか公娼制度は廃止せよというGHQの命令で遊郭は禁じられたはずなのに、飛田は戦前と少しも変わってはいない。民主主義の世になっても、昔ながらの女郎買いという言葉がここでは日常的に男たちの間を飛び交っている。

　赤線とか青線とかが何のことやら分からず、勇ちゃんに聞いてみた。

「飛田を廃止せよ言う命令に猛反対が起きたンや。

　日本人に売春は禁止しておいて、自分ら占領軍には特別の慰安所を作って、ＧＩから一般人の子女の貞操を守るためやいう口実で、高給の娼婦募集をしよった。何にも知らん素人女までもが金につられて仰山応募したらしいで。

　パンパンは野放しやないか、オンリーとなったら威張ったもんや。

　そんなら日本人の男の性欲はどないしてくれるねん。飛田遊郭の妓楼の大将らが集まって、悪所かて世の中には必要なんじゃと役所に逆ねじ食らわせたンよ。

　警察は地図の上で赤線を引いてそこでの売春は公認や、遊郭の高い高いコンクリート塀の内側が赤線区域。飛田の周りのちょっとややこしい居酒屋やカフェの街通りに青線を引いて、そこでの売春はあかんという名目になってるということっちゃ」

「赤線は塀ではっきりわかるけど、ほんなら青線は普通の人にはわからへんねえ」

「わいの借りてるのも大門のねき、曖昧屋の四畳半でっせ。ポン引きの兄さんや、やり手婆や、オカマやらがうろうろしてるとこやさかい、昌子ちゃんみたいな初心な嬢はんは腰抜かすで」

勇ちゃんは笑い飛ばした。塀内の「彌生楼」で用心棒に雇われているテツ兄を通じて、そのあたりの事情に詳しい。テツ兄は楼主に女の子の斡旋も頼まれて、青線の飲み屋やカフェで男好きのする娘を物色しているという。

「わいのコレも」と小指を立て「アニキに見つけてもらいましたンや」と白状した。良い娘だと言う。カフェで働いている子に目をつけて、儲け話を持ちかけたのだが、日中は飛田筋の美容院で住み込みの助手をし、夜は師匠の許しで小遣い稼ぎのアルバイトをしているからと断られた。テツ兄の魂胆をすぐに見抜いたしっかり者だ。

――身売りなんかしてたまるかですわ。これからは男女平等やんか。えげつない男はんのおもちゃになるのはお断わりやわ。カットやパーマの腕磨いて、はよ一人前になって、自分の美容室持つのが夢ですねん。

その娘は中原淳一の「それいゆ」の女の子みたいに夢見る瞳をしているという。

――これからは女の人がじゃんじゃんお洒落する時代ですわ。洋裁学校や美容学校が出来始めてますやろ。「新しいヘアスタイルの流行に合わせられる腕になったら、あんたの美容室には、お客が押し寄せてくるわ。うちみたいなふるい髪結いには先がおません。芸者はんや仲居はんとか、昔からの贔屓客があるうちはこの店続けるつもりやけど……」言うて、お師匠さんはウチの独立を励ましてくれてはる。

テツ兄から「嫁に欲しいけどヤクザもんのワイには無理。堅気のお前なら器量も働きぶりもアイツに引けを取らんわい。アタックせんとあかんで。他にやるには勿体ない上玉や」などと聞かされて、勇はその気になり深夜喫茶に通い始めたのが功を奏した。

「その娘、季美子いいますねん。おかげさんで、好いて好かれる仲になったけど、未だ社長と奥さんには内緒ですわ。何とか部屋を見つけて、一緒になりたい思てます。

二人とも若過ぎる言われますやろなあ。似た境遇で、お互いに身寄りのない戦災孤児ですさかい、家族になりたい、子供も欲しい。テツ兄は早いほど良えやないか言うてくれます」

「よかったねえ。そんなきれいで賢いひとと恋愛結婚やなんて素敵やないの」

「へえ、おおきに。いつでも仲の良え社長ご夫婦が我のお手本ですわ」

「二人ともきっと喜んでくれはるよ。親代わりみたいな人らやもんね」

童話や少女物語の世界にあるように、清らな愛が叶ってめでたしめでたし。幸せなカップルが生まれようとしていることに昌子はわくわくした。

「言うたらなんやけど、昌子ちゃん、気ぃ付いたはりまっか。

うどん屋の良ちゃん、忠男さんにホの字だっせ。可愛らしいもんや」

良ちゃんは口が利けない。三つの時、ひどい中耳炎を患って耳が聞こえなくなった。

市立の聾唖学校で教育されて口話ができる。相手の口の形を読み取って言葉を理解する。こちらは良ちゃんがわかるまで唇を大げさに動かし、手まね身振りも加えて懸命に伝える。気持ちが通じる時の快感がたまらない。

昌子は良ちゃんが大好きだ。黙ってこまめに働き、残飯料理の工夫が上手なので、忠男も面倒見のよい良ちゃんに「おおきに、おおきに」を言い通しだ。

良ちゃんが言おうとしていることを口唇で読み取ることはむずかしい。もどかしそうに喉から声が発せられるが、その音と唇の形で判じてようやくわかると、良ちゃんは全身で喜ぶのだ。良ちゃんは忠男さんの身体を触りまくる。義肢の冷たい足を撫でまわして、「カワイソ、カワイソ、イタイ、イタイ」という。

忠男さんは照れて、

「看護婦のほかに女の人にこないに優しゅうされたことおまへんわ」

といいながら、されるにまかせている。そんないちゃつきも昌子には好もしく見えた。不自由な同士が仲良い様子なので、うどん屋の夫婦は「いっそ、うちの婿になってもらえまへんか」と冗談だか本気だかわからぬことを口にして、忠男を恐縮させている。

夏休みになった。学校と店の両天秤だった生活に少しゆとりが出来て、昌子は卒業後の自分の身の振り方を考えるようになっていた。このままだと就職してよそで働くことはないだろう。家業の手伝いをしながらの花嫁修業、大手前出てますという看板で、うちよりましな家の嫁になる。そんな筋書きは真っ平ごめんなのだ。

「田舎の薬局の嫁にならんか」と親類からの話がきたり

「丼(どぶ)池の問屋に見込みのある青年がおる」というマルニの叔父のすすめもある。

「まだ、はやい、はやい、お母ちゃんから和裁も洋裁も習(なろ)て、手に職をつけるこっちゃ」

定吉は娘を離す気などさらさらない。

昌子の本心はもっと勉強して大学に行くことだった。教育制度が改まって今年からは女子にも大学が開かれて、男子しか入学できなかった旧制の帝国大学さえ受験できるのだ。戦争に負けて大きな犠牲を払ったけれど、アメリカさんの民主主義のおかげで、日本のすべてが新しく変わりつつある。女性の生き方は大転換するだろう。

戦前・戦中を、男本位の世の中でがんばって生きて来た明治生まれの多可や菊にとっては、戦後のあたらしい幸せとは何なのだろう。

「いつの世でも変わりまへん。私の一番の幸せは我が子が幸せになることや。そのためならどんな苦労もしんぼう出来(でけ)ます」と多可はいう。

幼い頃からずうっと、昌子の眼には両親の仲が良いとは映らなかった。

母親は夫の定吉を粗末にはしないけれど、好いている様子などなかった。気の小さい女道楽を憎みながらも、子供たちのために添い遂げるしかないと諦め続けてきたのだろう。使用人に情を傾けて、いい奥さんと慕われ、仕事と家計をうまく遣り繰りし、甲斐性のある女だと、他に一目おかれるのを、弾みにして生きているようだ。

幸せな妻にはほど遠い多可が、我が娘にどんな夢を託しているのだろうか。

昌子は自分自身の幸せをどうしたら摑みとれるのか考えずにはいられない。

結婚が幸せのゴールなどとはとんでもない。相手への愛がなければ地獄同然ではないか、昌子は決して安易に嫁ぐまい、いつか目のくらむような恋をして、愛する人と結婚したい。とにかく、さしあたっての目標は大学受験、目指すは大阪大学あるのみ、賭ける勝負はでかいほど良い。ダメでもともと、もしマグレでパスしても、親の許しを得るほうが難関だろう。母親お得意のスローガンを頂こう。先ずはやるしかない。

「なせばなるなさねばならぬなにごともならぬはひとのなさぬなりけり」成すと為すを当てはめるとこうなる。為せば成る、為さねば成らぬ何事も、成らぬは人の為さぬなりけり。

思いにふけっている昌子の耳に訪なう客の声が届いた。玄関脇の洋間から出てみると引き戸を半分開けた先に、痩せて背の高い西洋の男性が立っていた。

「コンニチハ、ワタシ、アメリカからキマシタ。ナマエはジェーコブ・デシェーザーです。

ワタシ、ニホンのホリョでした。いまはセンキョウシ、ナリマシタ。ドウカ、キリストのオシエ、キイテクダサイ」

差し出した紙片に三軒先の大邸宅、吉田さんの家で集まりがあるという案内文が記されていた。狭い玄関の外に出るとデシェーザー師のそばに張り付くように立っていた日本人の男がにこにこしている。

「すんませんねえ、突然で驚かれたでしょう。ぼくはデシェーザー師のお話に感動して、弟子入りした復員兵なんです。伝道のお手伝いしてます」

くたびれたカーキー色の国民服に頬のこけた生気の失せた顔、眼鏡の奥の目だけがきらめいている。なんだか懐かしい人だ。どこかでこの人を見たことがある。あっ、と閃いた。

「もしかして、山本せんせ、と違いますか。深江小学校の……わたしが五年生のとき召集が来て、学校の運動場でお別れの式があって、出征のごあいさつされた山本せんせ？ 先生の奥さんになりはった永田先生、私の受け持ちの先生で、わたし、せんせのラヴレターを男組六年一組の山本先生にお届けしてた、級長の昌子です」

「えーっ、ほんまですか。あの、江村昌子ちゃん？ まさか、こんなに良え娘さんになりはって……、もう高三ですか。これこそ神様のお恵みですわ、イエスに感謝です。きみにここで会えるなんて、奇跡としか思えませんよ」

デシェーザーさんも喜んで昌子の手を取り、ぜひ自分の住居に来てくださいと暖かい握手をした。師は家族で来日し、近所の吉田邸の二階に仮住まいしているという。

丸山通りの焼け残りの、めぼしい邸宅はほとんど進駐軍の住居に接収されていた。吉田家はきっと昔ながらのクリスチャンなのだろう。戦時中は鳴りを潜めて暮らしておられたにちがいない。その家への興味が湧いた。

なによりもナマのアメリカ人に接する好奇心と、山本先生との再会の喜びに釣られて、昌子は吉田家でのデシェーザーさんの集会に勇んで出席した。

若い奥さんはキューピーさんに服を着せたような赤ん坊を抱いて、みんなをにこやかに見守っていた。近所の奥さんと子供たち、吉田家のお嬢さん、角帽の大学生、山本先生。

昌子は弟の健一とその友達の猛くんを連れてきた。二人は初めての外人の家族の前で、神妙に正座して聖書の話に聞き入っていた。英語の歌を合唱したり、ジェスチャーで簡単な英語を習ったり、大人も子供も一緒に愉しんだ。

何よりも皆を感動させたのは師の体験談だった。

『私は日本の捕虜だった』というタイトルの小冊子の表紙をみんなに示しながら、

「自分は一九四二年四月十八日、日本を初空襲したドウリットル隊の一員でした。真珠湾攻撃の復讐心に燃える軍曹としてB25に乗り組みました。東京・名古屋を爆撃したあと、中国上空で燃料が切れ、落下傘で脱出するほかなかった。地上に飛び降りて命は助かりましたが、そこは日本軍の占領地だったため、すぐに捕虜になってしまいました。捕虜収容所での虐待はひどいものでした」

ということを通訳に向かってゆっくり英語で話した。みんなの中に坐ったままで大学生の佐藤君が日本語で師の話をなぞった。デシェーザーさんはニコニコしながら指差して、

「コレ、ワタシデス」

骸骨の上に皮をかぶせたような姿の写真だった。餓死寸前で収容所から解放されたときのデシェーザーさんは獄中で差し入れの聖書を偶々読み、奇跡的な回心を体験し、敵国日本に対する身を焼くような憎しみからもすでに解放されていたという。

そのせいか窪んだ目にはおだやかな光が宿り、とがった頬、高く鋭い鼻梁（びりょう）に微笑が漂っている。イエス・キリストもこんなお顔だったかもと昌子は写真に見入った。

アメリカに帰国した師は、日本にこそキリストの愛を伝えたいと宣教師の資格を得て再来された。同じ志を持つ奥さんと共に来日したばかりのデシェーザーさんの伝道第一歩が吉田家二階から始まったのだった。

続いて山本先生の告白があった。

「私は数ヶ月前、ナホトカから舞鶴に到着した、ほやほやの復員兵です。

皆さんは新聞やニュースで驚かれたことでしょうが、赤い引揚部隊の一人でした。あちらで共産主義の教育を受けて帰ってきました。大勢が出迎えの家族を振り切って、そのまま団体で代々木に直行して共産党員になったのです。

ぼくは出来なかった。みんなを裏切って妻の許に帰りました。共産主義か民主主義か、どちらが正しいのか分からないまま、自分を責め抜いて教員に戻ることなど出来ず、妻を苦しめるばかりでした。

そんな時、街頭で〈私は日本の捕虜だった〉という旗を立てた師の伝道会に出合いました。聖書のことばで回心された話で、私も聖書を求めました。偶然に開いたページに〈正義はない、どこにもない〉とあるではありませんか。驚いた私はその答を知りたくて、師に教えを求め、すうっと魔法にかかったように入信しました。

まだ何もわかりませんが、神様にすべてを委ねたいと思っています」

吉田家での感動を昌子は家に帰ってみんなに伝えた。健一は奥さん手製のクッキーやジュースが生まれて初めての美味さだったから、また行きたいとばかり言う。

「わしは昔からヤソは嫌いじゃ。ええかっこばかり言いよる。天理教のほうがまだましと違うか」と定吉は苦い顔だ。

「わたしは嫌いやありませんわ。ウチは真宗やけど、親鸞さんの教えでもキリストさんでも、どんな宗教かて良えこと言うて悪いことを戒めはる、そやけど拝む神さんは世界中バラバラ、別々やさかい、ややこしいわ」

「理屈なんかいらんのじゃ。お太陽さんに手合わせて感謝、感謝。それだけでけっこう」

イエスへの信仰など生まれそうにない昌子の家に、吉田さんの一人娘、純子さんが親しく訪れるようになった。

純子さんは帝塚山学院高女の三年生、来年開校の女子短大に進学を予定している。通訳をした例の大学生は佐藤保君、旧制大阪高校の三年生だったのが、今年の学制改革で新制大阪大学の一年生に編入。校舎がそのまま阪大南校のキャンパスとなったので、保君はこの大改革どこ吹く風、昔ながらのバンカラを通していると純子さんは詳しい。

昌子の遠慮無しの突っ込みに、保君は親の許したフィアンセだとも告白した。

幸福なカップルの見本のような二人と一緒に、吉田家での日曜バイブルクラスで本物の英語を学べる幸運を逃すまいと昌子は聖書の読解に精を出した。しかし疑問のほうが理解を超えて増し、山本先生のようにすんなり入信する気は生まれそうにない。

そんな本心を内に秘めたままの付き合いに気を咎めながらも、ありがたいことに保君は憧れの阪大生、受験のよき相談相手を昌子は失いたくなかった。おまけにキャンパスは北畠という至近距離なのだから頑張れという、二人の熱い励ましが決意を固める大きな力になった。

夏休み中も午後からはマルニ勤めだ。朝からじりじりと熱気で焼ける地面に勢いよく水を撒いていた昌子の前にダットサンが止まり、「おっとっと」と運び屋の隆太が飛び出してきた。

「あらぁ、ひさしぶり。今日は何もって来てくれたン」

荷物は父の姉のタキからの差し入れだ。農家の未亡人になっても田畑をちゃんと作って頑張っているタキは末弟の定吉の母親代わりの役目を果たしてくれている。米に麦、甘藷、自然薯、小麦粉、片栗、大豆、腹の足しに生る(な)ものならなんでもと詰め込んだという。

下積みにして取締りをかわしてきた闇の叺(かます)袋を、荷台から降ろすのに顔を赤くして隆太が怒鳴った。

「おい、こら、孝(たかし)、降りて手伝わんか」

車の助手台からのそりと降りた青年は、汚れの目立つしわしわの開襟シャツをはだけ、べっとりと汗で張り付いた背中を見せたまま、昌子には目もくれずカマスをひきずりおろした。

「昌子ちゃん、あんたとこの親御さんに、こいつのことで聞いてもらいたいことがあるのや。すまんけど、表に丹生(にゅう)の橋本孝が来てます、言うてくれんかな」

昌子が橋本孝の名を告げると定吉と多可は顔を見合わせ、同時に立ち上がって仕事場から廊下に出た。定吉は「階下の座敷をちょっとの間貸してくださいと小浜姐さんに頼んでこい」と昌子に言いつけ、多可はあわてて玄関に駆け下りた。

昌子から不意の客の名を聞いた小浜さんは「えらいこっちゃ」と顔色を変えた。

さっきの無表情な青年の投げやりな動きと、どこを見ているのかぼんやりと定まらない眼を薄気味悪く思いながら、奥の間に籐座布団を並べ、うちわの用意をした。

いつになく小浜姐さんがあたふたしているところへ、多可が客たちを案内してきた。定吉も降りてきた。昌子もここに居なさいという。

「びっくりさせてすまんけど、どもならん行き掛かりで、孝を連れてきましたのや」

隆太に促されて青年は憮然と立ったまま、黙って頭を下げた。

「ま、とにかく話聞かせて貰いまひょ。そこへ坐って、坐って」定吉が急かした。

息を呑んでいる一同の視線にさらされながら、思い切ったように隆太は話し始めた。

「ウチのお母やンが大阪へ孝を連れて行けいうて聞かんのです。

わしは孝とずうっと商業学校まで一緒で兄弟みたいなもんやで……。

お母やンは産婆やで、孝が生まれたとき取り上げたんですわ。

母親の菊さんが赤児のこいつを置いて橋本の家を出て行きなした後も、不憫で自分の乳飲ませて育てた、言いますのや。

それが青少年義勇軍に志願して満州の開拓に行ってしもて、消息も無いまま戦争に負けて、孝は死んだ、と思てたのが帰ってきたんですわ。待ち続けた婆ちゃんは弱って死に、ひとりぼっちのこいつは丹生のボロ家で、ぼーっと腑抜けたまんま、寝転んでばっかり。

わしも見かねて無理矢理仕事に誘い出して、車の運転をさせましたんや。義勇軍で訓練されてたんで、運送の役には立つんですが、このままでは食うて行けませんし。

大阪でなんとかならんか、定吉さんに相談して来い、菊さんのことかて聞いてこい言うて、お母ヤンがやかましいんで……」

「おれはべつに、今さらどうでもいいんですわ。婆ちゃんはお前の母親は鬼や、鬼や言い暮らしてたし、赤ん坊の俺には母親の覚えなんか何も無しや。婆ちゃんに猫可愛がりされて淋しくもなし、不自由もなし。捨てられた恨みもないんですわ。

嫁をいびり出したのは婆ちゃんで、菊さんが可哀相や言う人も居って……。そやけど、ひとり息子を亡くした婆ちゃんが、残った母親に当り散らしたのも無理ない。

俺は父親さえ生きてたら、こんな目に合わんかったのにと、自分の運命を恨んでるだけやさ」

「お父さんは気の毒やったなあ。村でひとりの出世頭で、松阪の税務署勤めやったのに。

猟師に追われた手負いのイノシシが山から飛び出してきて衝突や。お父さんは自転車ごと崖道から河原に落ちて、岩で頭打って即死しはったんよ」

多可が昌子に小声で聞かせた。

「菊は産み月で、あんたを腹に入れたまま葬式をして、ふらふらの身体で生んだのが男の子やった。婆ちゃんは息子の生まれ変わりやと泣いて喜んで、片時も赤ん坊を離さず、乳の出ない嫁を責めはった。

近所中、抱いて歩いて、もらい乳して子守に夢中で……菊は我が子を抱かしても貰えず、産後の肥立ちも悪いまんま床上げして働いたンや」

めったに無いことに定吉が真面目な顔で話すのを、多可が助けた。

「母親が子を置いて家出するやなんて私には考えられんけど、よっぽど、姑さんがきつかったンですやろ。孫は育てるけど嫁の食い扶持なんか無い、銭でも米でも稼いで来い言うて外へ閉め出された、て聞いてますで。

実家の『紺兵（こんひょう）』が破産して誰も助けてくれへん、タキ姉さんに泣きついて大阪行きの片道の切符代もろて、うちへ来はったんよ」

「わてが定吉さんから菊さんを引き受けましたンや。

お座敷で良うお世話になってましたさかい、妹さんの事情聞かせてもろて、新世界でなら何とかなりますやろ思うて、仲居を欲しがってる店に当たってみたら、いい塩梅にきまりました。

お母さんは苦労しはりましたで、孝さん。いつでもあんさんのこと言うて、泣き泣きがんばりはった。オニなんかやあらしまへん。姑はんがオニ婆やったん違いまっか」

小浜姐さんのことばでようやく昌子はこの家にからむ縁の赤い糸を見つけた気がした。

「どっちがオニでもよろしわ。村でもいろいろ噂するのが婆ちゃんの耳に入るんで、おれも少しは聞いてましたさ。

――大阪で何しとるものやら。男ができて、満州行きやげな。あんなオニ女は日本には居れんぞな。どこへ行こうと、子を捨てるような者に碌なこと無いわさ――

このぼやきだけは沁み付いてますわ」

孝の頬にかすかな笑みが凍り付いていた。母親が満州に居るという思いが、彼を満蒙開拓青少年義勇軍に行かせたのではないか、今こうしてここに来たのも孝の母恋いなのだと昌子は思う。何も知らずにいる菊と音治のこれからに、この青年がどんな石を投げるのかを考えて苦しくなった。

「いずれにしても、菊に会いたいと思うてきてくれはったんですやろ。

今日は無理やけど、この次までに相談して、段取り付けさせてもらいますさかい」

「こいつ、母親に会いたいのか、そうやないのか、さっぱりはっきりせんのですわ」

「自分にもわからんのです。今日は皆さんにお会いして、よかったです。生きて帰ってきて、俺にも縁者があるという気持ちが湧いてきました。自分のせんならンことが何か、よう考えて出直します。よろしゅうおねがいします」

きちんとした挨拶にみんながほっとしたようすだった。多可が何のもてなしも出来なかったことを詫び、定吉は昼飯代にと隆太のポケットに百円札をねじこんだ。

「これから道修町と松屋町ですわ。薬やら玩具やら頼まれ物の仕入れをせんならん。米と芋は物々交換して、日の暮れまでに済ませて帰ります。孝が運転も代わってくれるんで助かりますのや。とにかく大仕事は済んだし、お母やンにも土産話ができました」

ダットサンを見送った後、両親はそそくさと二階の仕事場に上がった。みんなを手待ちさせてはいられないのだ。昌子は座敷に残って小浜さんを質問攻めした。

叔父と叔母が子捨ての共犯者だったから熱く結ばれたのかという驚きと、子は誰の愛を受けて救われるのかという疑問が胸中に渦巻いていた。

数日後「お宅、江村はンだっか」と訊ねる男が現れた。臆病そうな風采のあがらない客だが、マルニの紹介で来たというので二階の仕事場に案内した。

定吉は縫製業仲間の親方たちの間で名の知れた渡り職人「ヤスさん」の到来に「なんや、どないしたんや」と優しかった。「いやぁ、どこへいっても仕事がおまへん」「そら、にっぱちや、無理ないで」

二月、八月は商売あがったりの季節なのだ。暑い夏、本麻やポーラなど薄物の上等の背広を着る客は限られている。腕の良いヤスさんに縫わせる注文服などめったに無い。定吉も炎天下、問屋にスクーターを走らせて、合服(あいふく)や冬物の既製服の仕立てを探し回ってウチの仕事を繋いでいる。親方の役目なのだ。

そこへマルニから、目の醒めるようなピンクとバイオレットの服地と寸法書きが届いた。こんなもん誰が着るのやと驚く定吉に、ヤスさんは天王寺村の気に入りの寄席芸人に着せるからと菊に縫製を頼まれたという。

ヤスさんは風呂敷を解いて鋏みと位牌(いはい)を取り出し、ズボンとシャツを脱いで褌ひとつになり、畳んだ衣類の上に押し頂いた位牌を載せて包み直した。あっけに取られる皆を尻目に、仕事が始まった。既製品の型紙をさっさと手直しをして生地を裁ち、付属品を清ちゃんに任せ、本縫いのミシンを掛ける。鮮やかな早業だ。

しかし、清ちゃんが悲鳴を上げ、ヤスさんの腰掛けた椅子が気持ち悪いと一回一回雑巾をかける。いちもつが越中褌(ふんどし)の間からはみ出るのだ。おとなしい巌がくすくすとヤスさんに緩ふんをたしなめるが、効き目が無い。

見かねた多可が晒し木綿一反を買ってきて昌子に新しいのを作れという。三尺の長さに切って腰紐も手縫いで付けて三本、しゃきっと糊の効いたのを進呈した。男の褌を縫う羽目になったが、清ちゃんのためなら嫌とはいえない。ヤスさんも大いに有難がった。

やがて一週間程で背広二着を首尾よく仕上げると、ヤスさんは風のように去った。

ヤスさんの姿が消えた後、定吉は一瞬、手の親指を折って見せ、昌子に呟いた。

「あいつな、これやねん。あれほど腕の立つ奴は滅多におらん、そやけど生まれのせいで今まではえらい苦労しよった。

気の毒なこっちゃ。身の拠り所がないさかい、親の位牌とハサミだけ持って仕事先を渡り歩いてるねんで」

朝鮮人や特殊部落民を差別することは新憲法下の日本では許されない筈だが、未だこの旧弊が容易に改まらないのを昌子もよく承知している。家族と同居の住み込みで雇ってくれる職場は無いのだ。

苦労人の両親がヤスさんに優しいのが誇らしい。定吉の話はこうだ。

マルニの叔父が神戸の三宮の仕入先で朝鮮人の洋服屋・金さんと偶々親しくなった。

なんと彼は、定吉の縫製業が盛んだった深江時代に、家族や親類縁者を総動員して下請けのマトメ仕事を一手に引き受けていた金さんだった。叔父も定吉もその因縁にびっくり仰天だったという。

「向こうもびっくりや。ヤスさんには金さんとこへ行ってみい、言うといたわ」

そして夏休みが明けた。久しぶりの学校ではひそひそと自殺の話が飛び交っていた。同じクラスの泰（はた）さんの席が空いていた。ぽっちゃりと豊頬（ほうきょう）で、一重瞼の目を伏せて言葉少ない生徒だった。ほとんど交わることが無かったが、彼女が自殺なんて思いもよらない。通学して日の浅い昌子と違い、同級生たちにはやっぱりというような空気があった。泰という姓が暗示する出自の不幸か、失恋か。押入れの中でしっかり足を縛って、頬に涙の痕をのこし、身体を海老のよう丸めて冷たくなっていたという。睡眠薬による死だった。

北野高校の方でも自殺者が出ていた。哲学青年で弁の立つ秀才。旧友の死は、こちらの男子生徒たちに大きな衝撃を与えた。思想的な煩悶か、それとも恋愛の苦悩ゆえなのか。

去年は太宰の入水心中があり、この夏は下山事件、三鷹事件、松川事件と不可解な騒ぎでの死が連続した。何が起きても不思議が無い世の中だ。

どう転んでも、決して生きていくことを自ら放棄するものか、昌子には現実逃避の自死など有り得ない。死んだら楽になる、そこですべてがお終いだ。苦はいのちの証しなのだ。

苦しみの中に喜びあればこそ、生かされる。底辺ぎりぎりでがんばっている自分の周りの人たちには当たり前の哲学やないかと昌子は揺るがない。

大学受験の出願調べに阪大文学部志望と記したら、職員室に呼び出された。

「優等生の連中でもなかなかの難関や、君には無理やね」担任が呆れ顔で言う。

「承知してますけど、受けるのは勝手とちがいますか。願書だけは出させてください。成績はあかんでも、運試ししたいんです。どうかお願いします」

昌子は担任に最敬礼して教室に帰った。時間はまだある、誰にも内緒で半年の猛勉だ。

大阪城周辺が紅葉に美しく彩られる季節になっても、焼け跡の丸山通りに秋色はない。デシェーザーさんの活躍が実って、そこに教会と牧師館が建ち、新築祝いのパーティーに純子さんと昌子は手伝いに出かけた。木の香りに満ちた明るい建物の中で、バキューム・クリーナーを押して掃除し、ウォシュイング・マシーンを回して洗濯だ。ジュースはミキサーで、サラダは生野菜にドレッシング、デザートはオーブンで焼いたケーキ。すべてが初めて。リッチな戦勝国アメリカの家庭だった。

高台の荒地にはキリスト教短期大学建設予定地の真新しい看板が立ち、丸山通りを見下ろしている。この辺一帯はプロテスタントの拠点に変化するのだろうか。帰路、純子さんは滅多に無い難病のため青春期から視力が衰え、いずれ失明する運命なのだと明かした。

保君は生涯の助力を誓い、去年来日したヘレンケラーをライトハウスに迎えて感動し、いよいよ純子さんを励まし、将来に備えて全盲の人たちへの奉仕に献身しているという。

「すべては神様のおはからいやわ。私たちは祈りで救われてるの……」

救いといえば、孝の上阪はいつになるのだろう。菊はいつもどおり客あしらいに愛想よく、一切それを口にしない。どんな成行きをも引き受ける覚悟が出来ているに違いない。

菊と孝が失った長い歳月の溝は簡単に埋められるものではないだろう。自分や勇ちゃんでは決して代替など出来ない、母親と息子の愛をなんとか取り戻してほしい。

昌子は叔父と叔母のために、遠い孝に向かって心から祈らずには居られなかった。


学校帰りの昌子が、いつものように「さんかく屋」の店先から
「なんぞ御用は……」

と覗くと、待ち構えていたように、忠男が義足の音をひびかせて立ち上がった。

「見て欲しいもんがありますのや。これですわ」

と差し出したものがある。

「うわあ、なつかし……」

昌子は一目で声を挙げた。

「バタ屋のおっさんが『なんや怪体なもんがクズ鉄の中にまじってたんや。これ何やろか』言いよりまんねん。

さっぱり分からん、台所道具やろまいか、とか、ドヤの奴らも首かしげてばっかしやさかい、わし、貰うてきましたんや。

昌子ちゃん、やっぱり知ってはるのですな」

「いやあ、これ、ほんまになつかし――ちょぼやき、ちょぼ焼きの鉄板やんか。今時、よう、こんなもんが見付かるやなんて……」

忠男の脇で良ちゃんが手を叩き頭を上下している。

「良ちゃんも覚えてるのやね。うちら子供の時に大好きやった。

一銭菓子屋の軒先で洋食焼きの屋台をしてはったオバちゃんに、子供らはちょぼ焼き頼みますねん。安いし、すぐ出来るし、一銭払うて新聞紙の三角袋に入れてもろて、ままごとのご馳走にしたもんやわ」

「へえ、そら一ぺん、食わせてもらいたいなア」

忠男の身振りをすぐ見てとった良ちゃんが筋向かいのうどん屋に駆け戻った。

暫くするとカンテキを抱えてきて、店横の坂の道端に置いて炭をおこし始めた。

それから昌子の手を引っ張って、うどん屋の調理場で材料を物色し始めた。

「おばちゃん、済んません。ちょっとだけメリケン粉もらいます」

「何が始まることやら……。なんなと使いなはれ」

具にする材料は賄いの残り物で充分間に合うものばかりで、さほどの気兼ねもせずに準備が整った。

二人は「さんかく屋」の脇でままごとまがいのちょぼ焼きにむちゅうになった。

カンテキの上で熱せられた件(くだん)の鉄板一面にメリケン粉の水溶きをどろりと流し込む。長方形の鉄板には丸い凹みが並んでいる。

くぼみの中心にこんにゃくの細切れを一つずつ乗せ、刻み葱をつまみ入れ、紅生姜のみじん切りを撒き、鰹節の削り粉を散らす。それぞれに醬油を一滴垂らしたあと、目打ちであしらって丸めた玉を転がしながらこんがりと狐色に焼きあげる。

「はい、たこ焼きの赤ちゃんです」

香ばしい匂いが辺りに漂って、待ち兼ねていた忠男が
「こら結構なもんや。なかなかいけるで」と味見に満足している。

「なんやおもろいこと始まってるな。わいにもごちそう頼みまっせ」

上の店から勇ちゃんが駆け下りてきて手を出した。

良ちゃんは「あー、うーうー」と得意げな声を上げながら、驚くほど器用に手際よく次々

と焼き、惜しみなく周りの見物人たちに振る舞った。

丸い玉を三つも四つも一口に放り込んで、もぐもぐしながら勇ちゃんが喋っている。

「うどん屋のオクさん、これ良ちゃんの仕事になりまへんか。わしらタダ食いは悪いさかい、五円でも十円でも払いまっせ」

「いいえ、やっぱりたこ焼きが本物ですがな。こんな子供だましのおもちゃみたいな物ではどもならんわ。良子のお客には忠男さん一人がよろし。一番ええ楽しみがでけた言うことや」

娘娘して忠男に尽くす良ちゃんの様子を喜ぶうどん屋夫婦だった。

昼飯時に始まる良ちゃんのちょぼ焼きに、やがてファンが出来て、わしらにも一口頼むわと駄賃を呉れる者たちが現れた。

忠男と良ちゃんの仲は目に見えて睦まじくなった。


一方「さんかく屋」の存在は急速に危うくなってきた。戦後の復興が盛んになり、世間は大きな節目を越えようとしていた。

旭通り商店街には店主組合が組織され、消防や警察の活動も定着して、不法建築の店舗への取り締まりが厳しくなった。バラックが次々と姿を消し始めていた。

「さんかく屋」にも撤去の勧告がきた。

誰がどう見ても、電柱を利用した店拵えは違法。「すんまへん」ではもはや許されない時勢である。

社長の決断は早かった。「さんかく屋」は店仕舞いして上の店に吸収され、下の店の建物はまたたく間に片付けられた。折からの復興景気のおかげでマルニの商売は活気付いていた。

居場所を失くした忠男を、うどん屋が「まかせておくれやす」とばかりに引き受けた。マルニの勇ちゃんの知恵が大きなヒントになって、本気でたこ焼き屋を実現する気になったのだ。

勇ちゃんは兄貴分のテツに頼みこんだ。

テキ屋の親方の伝手で古物の屋台を見付けて貰えばいいと言う。たこ焼き用の鉄板を備え、いま流行りのアセチレンガスのバーナーを取り付けるところまでテツ兄は引受けた。

釜ヶ崎や飛田の見知りの大工や鉄工職人たちを総動員して、あっという間にお誂え向きの屋台を用意してくれた。

「金さえあればお安いご用ですわ。勇公がお世話になってる分の恩返しせんと男が廃れますがな。うちの親分も侠気のある人やさかい、えらい力になって呉れはって「さんかく屋」の跡地に屋台を置く許可まで取ってくれはりましたんや。

『お国のために足を無くした傷痍軍人の忠男さんがあちこち移動するのはどだい無理やし、気の毒や。お上のお情けであの空き地で商うてもよろし、となりまへんか。差し障りが出来たら屋台のことやさかい、何時でも移動しまっせ。約束しますわ』と親分がねじ込んで、その筋からＯＫして貰いましたさかい、精出(せいだ)い頑張ってくださいや」

テツの報告を聞き、この界隈でのヤクザ組の実力がこういうところで発揮されようとは、と喜んだうどん屋とマルニの大将同士が費用を折半して用立てた。

期限も利息も無し、出来高払いの借金を許され、忠男はきっとこの大恩に報いますとみんなに誓った。人情のかたまりのようなたこ焼き屋台に「たこ良し」と手書きのノレンを掛けて、仲睦まじい忠男と良ちゃんの共営の仕事が始まった。


上の店だけになった「マルニ洋服店」は、菊と勇コンビの息の合った商いで順調に客足を集めていた。

昌子が学校帰りに店に寄るのも相変わらずの日課だが、台所仕事や在庫商品の整理など、内側の雑用を済ませると、昌子ちゃんは勉強が大事やさかいと早々に帰宅を促(うなが)されることが多くなった。

その日も接客の用がなく、夕暮れ時の商店街を抜けて電車通りに出た時、

「おう、昌子ちゃんやないか」

親しげに立ちはだかったのは小浜さん家の浩ぼんだ。白黒のストライプのスーツが人目を引くほどに似合って、平素の男振りがいや増しになっている。

昌子の両肩に腕を伸ばしてニコニコと見つめる浩ぼんに胸の動悸を悟られまいと後退りしながら
「わっ、こんなところで……びっくりさせんといて下さいよ」

「今、帰りか。ちょっとおもろいとこがあるねん。ついておいで、すぐそこや」

浩ぼんは昌子の手を引いて歩みを早めた。

二つ目の角を折れて間もなく、浩ぼんの足が止まった。

色硝子の覗き窓に小さい〈ルリ〉の文字が白く浮いた扉の前だ。慣れた様子でキイを外して浩ぼんが中に入った。

「ほれ、ここや」

明かりをつけて靴底をマットにこすりつけてから、五十畳ほどの広い板の間につかつかと上がって昌子を手招いた。

「ここで踊るのや。昌子ちゃんはダンス知らんやろ。おいで、運動靴のまま上がってこ

いや」

呆気にとられている昌子を笑いながら
「今、ダンスは大流行や。ブルースだけでも踊れたら楽しいで……ほれ、1・2・3・4。いや、そうやない、ちょっと靴脱いで、ここに足乗せてみい。ほら、右、左、こうや」

浩ぼんは昌子を強引に抱き上げて、自分の足の上に昌子の足を乗せてステップを踏んだ。

男にしがみついて、相手の足にのせた自分の足を運ぶのが恥ずかしいよりも何やら嬉しくなってキャッキャッと声を上げ、浩ぼんに体を任せていた。

「昌子ちゃんはお痩せさんやから、軽うて楽々や。音楽かけたらもっと気持ちが良えで」

浩ぼんはレコードをかけ、昌子を抱き直して軽々と踊り続けた。

生まれて初めての経験にうっとりしている昌子の耳に突然、女の声が飛び込んだ。

「何やのん、あんたらは……。浩さん、ええかげんにしときなさいや」

「あゝ、ママ。違う、違う、この子はうちの間借り人の娘や、妹みたいなもんですねん。そこの角でばったり出会うたさかい、大手前高で勉強一点張りの子に、ちょっとだけ遊ばせてやろ思うて、連れて来ましてん。

な、昌子ちゃん、僕はここのママにお世話になってるねん。

こないだからママがダンスに凝り始めはってな、このホール造りはったんよ。

進駐軍のアメリカさんらをもてなすパーティーで、僕らふたりがペアでダンスをご披露するねん。僕はまだボチボチやさかい猛練習、ママのために頑張らなアカンのや」

「大手前の生徒さんですて……。そらほんまに勉強第一やないとあきませんわね。

あのね、こんな不良の兄ちゃんと遊ぶこと覚えんでもよろしおす。

でも、今日はせっかくやさかい、私ら二人のタンゴでも見物して行きはったらどうですか」

はんなりとにこやかに、だがきちんと窘められて昌子は一瞬金縛りになった。

「えらいお邪魔しました。ほんまに済みませんでした」

ヘコヘコと頭を下げて、やっとの思いで逃げ帰った。

「浩ぼんが〈若いツバメ〉やろまいか」という声を耳にしたことがある。

天下茶屋の金持ちマダムとはあの綺麗なママのことだったのか。お色気たっぷりの中年美女にとって、浩ぼんほどぴったりのお道楽相手はいないだろう。

昌子は二人の関係を妙に納得させられた気分だった。噂の正体を見た今日のことは誰にも内緒にしておこうと決めた。

戦後の繊維ブームのおかげで旧来の問屋筋が息を吹き返し、焼け跡の谷町や船場・本町などの元地に次々と社屋を再建し始めた。

父親の定吉も昔の問屋からの仕事に追われて嬉しい悲鳴を挙げていた。今の二階借りの仕事場では職人や縫い子を増やすわけにはいかない。マルニの注文も断るわけにはいかない。定吉は家探しに奔走し、ようやく焼け残りのボロ屋が売りに出されているのを見付けた。二階建ての三軒長屋のうち角家が空いていた。ミシン音のやかましい家業には好都合だった。手持ちの五万と問屋からの前借り十万、合わせて十五万円でその家を手に入れた。

マルニからは少し遠い町に移るので不都合も生じるが、縫製工場と住居を兼ねて暮らせる新生活に昌子一家はすべてを賭けることになった。

田舎からの働き手は選び放題で不足がなかった。清子の弟・鉄男がたっての希望で一番乗り、母の裁縫塾での優等生だった節子と君子を加えて新しく三人が住み込み、職人の巌さんと清子の下に弟子入りする手筈だ。

あわただしい引越し準備が始まっていた。

運び屋の隆太が孝を伴って久しぶりに田舎からの食料を満載してやって来た。闇の取締まりが楽になった様子だ。

村から三人もが雇われるという話を聞きつけて、以前から大阪に就職したいと願っている孝にとっても良いチャンスではないかと訪ねてきたという。

菊との再会についても、小浜さんと定吉夫婦の取り持ちで、ぜひ叶えてやってほしいと言い、孝本人も「やっとその気になりました。どうかよろしく頼みます」と素直に頭を下げた。

頼まれた方はどうしたものかと思案にくれた。今は引越しのごたごたでどうにもならないが、いずれ新居で開業でき次第、菊については何とか悪いようにはしないからと骨折りを約束し、今日のところは出直してくれるように頼んだ。

「就職のことやが、出来ればもう一人、男手がほしいところやさかい、うちで働いてもらうかも知れまへん。それでもよろしおますか」

定吉の思いがけない言葉に驚いた様子の孝だったが

「わたしでお役に立てますやろか。ありがたいことです」

嬉しげに何度も礼を繰り返した。

母親の顔も知らず、――お前は捨てられたのや――と育ての親の祖母から、母への恨み憎しみを全身に滲み込まされて成人した孝だ。親子の縁を果たしてうまくとりもどせるのだろうか。菊も又、いまさら母親顔して会えるものだろうか。

面倒な事になりはしないかと昌子は心配だった。

孝にとって母の菊は昌子の父の妹に当たるから、定吉は伯父、昌子は従妹ということになる。祖母が死んで天涯孤独の身になったわけではない。自分の血に濃く繋がる縁者とまさかこのように親しく会えようとは奇跡だった。

――隆太に連れられ小浜の家で定吉一家に初対面した時は何も考えられず、ただ生きて帰れたことを心底から良かったという思いだけで一杯だった。祖母を置いて満州に行き、お国への忠義のためと満蒙開拓青少年義勇軍に身を投じた自分、最愛の孫の身を案じ続けて死んだ祖母のことを思うと不孝者の罪は許されようもない。

といって、母を恨み続けることは決して仏への供養にはなるまい――

「こんなこと、田舎で思い続けておりましたんや。戦争で命拾いした私には母親に会いたいという思いだけです。恨み言を言う気も、憎む気持ちもありません。

伯父さんとこで働かせてもらえるなんて夢みたいなことです。針仕事は無理ですけど雑用や外回りの仕事なら何でも一生懸命やらせてもらいます。どうかよろしくお願いします」

「ま、うちで働いて貰うことについてはマルニ夫婦と相談してからやけどなア。何とかなるやろまいか」

転居で昌子の通学路は大きく変わる。歩いて自宅と店を往来できたこれまでとは違って、毎日のマルニ通いは難しくなるだろう。一家の暮らしもどうなるか。

五人の住込み従業員と昌子の家族四人、これに孝が加わると十人。二階の八畳に女工三人、六畳に男工三人、階下に家族四人という目一杯の共同生活はうまくいくのだろうか。喜び半分、不安半分の昌子だった。

引越しの当日は手伝いに来た隆太と孝が軽トラックで家財道具を運び出し、新居で待ち受けた女組が片付けをし、どうやらこうやらすべてが一日で収まった。

その夜、空(から)になった旧居の二階の部屋で定吉夫婦と昌子、菊夫婦の五人が静かに孝と隆太を待った。階下の座敷で控えていた二人が小浜さんに導かれて階段を上がってきた。がらんと見渡せる部屋の敷居前に、ぎこちなく膝を揃えて正座した一人が深々とお辞儀をして「はじめまして、孝です」と名乗り、目を伏せたままで顔を上げた。

「親子やのに、始めましてと言うのもけったいやけど、あんたが孝さんやて……、ほんまに、まさかのまさかや」

「……孝、云うて下さい。ぼくもお母さん、て、言わせてもらいます」

「ようまあ、無事で、こないに立派な若い衆になって、生きていて呉れたなんて……。あんたには合わせる顔もない母親ですわ。そやけど、こないして、今頃会えるなんて、夢と違うのやろか。

ほんまにありがたいことや。神さん仏さんだけやない、あんたのおばあちゃんにも、世間様にも、全部に手合わせて、なんぼお礼とお詫び言うても足りまへん。

ほんと、済まんことをしてしもて、堪忍してな、孝。……良う来て呉れはった」

涙、涙で、菊がむせびながら精一杯にしゃべるのを助けて、音治が声を上げた。

「孝くん、ほんまに良かった。わしらのこと、なんぼ憎まれても恨まれても仕方ない思うてます。二人とも子を置いて家を出た罪は許されることのない一生や、と覚悟きめてました。そやけど、因縁の深いことですな。

わしには忠男が帰って来たし、菊にはあんたが帰って来てくれた。

親子の縁は、ほんまに、切っても切れんものやと、身に沁みてますわ。

これから先はどないしてもこの縁を大事にして、親子の情を取り戻さなあきまへん。

孝くんの母親が菊なら、わしはあんたの父親ですがな。できるだけ力になりたいさかい、気兼ねせんとよろしのやで」

孝はどちらの言葉にも涙で答え、頬を拭い、うなずきを繰り返すばかりだった。

やっと口を開いて、とぎれとぎれに語った。

「……おおきに、ありがとうございます。

誰もおらん家で、一人ぼっちになってしもて、
なんや生きる元気が無(の)うなって、ぼうっとしてるだけでした。村の人らが不自由な中か

ら食い物を届けてくれたり、しっかりせんかい言うてくれたり。優しく励まして貰うてる
うちに、これではアカンと気が付いたんです。

もう一ぺん、生き直さなあかんぞと思いました。

新しい世の中のこと何にもわかりませんし、ご厄介かけるばっかりやと思いますけど、

……どうかよろしゅうお頼みします」

小浜さんがホッとした様子で手を叩いた。

「いやー、良かったよかった。ほーんまによろしかったなあ。

孝さんがこないに素直な気持ちの人やなんて……。わては要らん心配ばっかしして、ハ
ラハラでしたんや。

お互いにいろいろ苦労なこともおますやろけど、今の気持ちを大事にしておくれやすや。

うちは実の子やないけど、浩ぼんが居て呉れるおかげで、心強う暮らせてますねん。

世間様の目にはロクデナシに映ってますやろけど、ワテには可愛いもんです。

あの子が居らんかったら、ワテは寂しゅうて狂い死にしてますわ。アハハっ」

感に耐えた様子で定吉が続けた。

「ほんま、親子というもんはよろしおますなア。

わしらも昌子と健一、二人の子らが居るさかい、生きる張りあいがおます。それに他人

さんの子たちを預かってます。

これまた家族ですわ。多少もめ事が起きても、とことんまでにはなりまへん。

同じ飯食うて、一つ屋根の下で暮らしてると、情が違いまっせ。

みんなで力合わせて働き合うて、貧乏もさほど苦にならず、ぼろ儲けはおまへんけど、
コツコツと技磨いて、根気良う手足を動かして、食うてます。

そやけど年期のかかるこの道ではあんさんみたいな大の男は使えまへん。

小学校出てすぐ丁稚小僧、ぼんさんですわ。名前の呼び方にも位がおます。うちでは名前の下に吉つけて、あんさんなら孝吉どん、呼ぶのは詰まって『こうきっとん』ですわ。

小僧の年期は早うて三年、覚えの悪いのは五年、どうにか役立つようになったら孝さん、『さん』付けになって半人前の職人や。腕が本物になったら初めて苗字で呼ばれまんねん。

後は許されて親方から独立するか、後継ぎになるか、ですのや。

土台無理な話ですやろ。

さし当たって、あんさんは男衆さんのつもりで働いてもらいまひょ。

呼び捨てで孝、それでよろしおますか。

住み込みやさかい、ほんの小遣いしか出せんけど、寝ると食うには心配いりまへんで」

「兄さん、ほんまにおおきにありがとう。お世話掛けます、えらい済んません。

お役に立つまで勤まるかどうか、本人次第ですなア、しっかり頼むで孝。うちではどうにも思案がつかずにおりますさかい、兄さんとこで面倒見てもらえるほど有難いことおません。

多可姉さん、ご苦労かけますすなあ。どうぞよろしゅうお願いしますわ」

孝は隆太と一緒に村に戻り、上阪の準備を整えることになった。無人になる家の守りは隆太が引き受け、孝は身の回りの品を行李ひとつにまとめて来れば良い。

いよいよ大家族の生活が新しい家で始まった。六人の若い男女の奉公人たちが二階に、昌子の家族四人が階下に、合わせて十人が起き伏しする、てんやわんやの暮らしは活気に満ちていた。孝も「満州でのこと思うたら、極楽ですわ」と一向に戸惑う風もなく、みんなに馴染んでいる様子だ。

定吉は今までにない働きぶりで親方業に徹した。型紙起こしと布地の裁断、最後の仕上がりのチェックを専門にして、その他の縫製の采配は巌と清子に任せた。注文取りや納品などの問屋参りには孝を伴い、ていねいに外回りの仕事の手引をしていた。

定吉はみんなから昔のままに〈大将さん〉と呼ばれている。本物の大将は戦犯で消えてしまったのに誰も変に思わないのか、昌子はクスリとせずに居られない。

旭通り界隈では小商いの店主たちが、相変わらずお互いに〈大将〉呼ばわりし合っている。問屋筋の大店の主人を〈旦那さん〉とか〈ダンさん〉というのは金持ちへの敬称だ。ところが、多少みすぼらしい風体でも、店に迎えたお客はすべて〈旦那さん〉となる。新しい世の中になっても、昌子の周りは旧態然としたままだ。

父親が大将で、母親が先生。

多可は十人の食事を引き受けて、闇の食料の入手に必死だった。疎開中も奇抜な料理法で草や木の実の代用食を工夫して家族を飢えさせなかった腕前である。主食は秤で盛り、おかずは量も種類も万遍（まんべん）なく配膳し、誰にも不満を言わせず、美味しく食べさせてくれた。

みんなから先生、先生と呼ばれ、縫製の手ほどきと勘どころを丹念に教え、行儀知らずの生徒たちの不作法をきちんとたしなめた。

「みな、親元を離れて辛抱してるのやから、我が子を甘やかす訳にはイカン。あんたらも辛抱してや」

昌子と健一は両親をみんなに取られてしまったような淋しさを共にしながらも、我が家の活況が嬉しくてたまらない。

「なかなかうるさい嫁はんでっせ。真面目一点張り、修身のお手本みたいな女やさかい、わしら頭が上がりまへんわ」

よそでは肩をすくめている定吉だが、

「うちで一番偉いのはお母ちゃんや」と多可に一目も二目も置いていた。

賑やか過ぎて忙しすぎる家の空気が、夜になってようやく鎮まる。

そのわずかな時間に集中して勉強する他ないのだが、昌子の大学進学という夢はなんとも身分不相応ではないかと思えてくる。自分だけが大手前高校に通わせてもらっているのも皆んなの働きのおかげ。

「昌子ちゃんはうちらの希望の星や」などあっけらかんと言われると胸が苦しくなる。どうあがいてもうちの学力では間に合わん。担任の先生に無理ですよといわれ、それを承知のゴリ押しの進学志望だ。クラスの人らとは全然違う環境から這い上がるための賭けなのだ。

隆太が孝を送って来た時のことを思い出した。

「お母ヤンが、引越し祝いに産みたて卵を持って行きナ言うて、親類や知り合いに頼んで、ようようかき集めた二十個ですわ」

昌子の大好物の卵は今では大変な貴重品だ。籾殻（もみがら）の中に埋まっているのを一つ、そっと

手にとって大喜びしていると
「あのな〜昌子、この玉子十個だけは問屋の榊原さんのお宅に届けてくれへんか」

定吉の言うのを聞いて多可も大きく頷いた。

「ああ、それがよろし、きっと喜んでもらえまっせ」

問屋のご自宅は大手前から歩いてすぐの谷町だと教わり、翌朝、登校前に榊原邸を訪ねた。真新しい白壁の塀を回した門構えの屋敷だった。

気後れするのをこらえながら玄関に入って声を上げた。

「ごめんください」

衝立の陰から女中さんらしい人が顔を出し、セーラー服の昌子を見てとるや
「こいさーん、お連れがお迎いに来はりましたで〜」

「ええっ、どなた……」

同級生の榊原さんが姿を現した。

「あら、江村さん、どないしはったの」

「いえ、お迎えやないんです。田舎から産みたて卵が届いたので、お裾分けで失礼ですけど、少しばかり、どうぞ」

「まあ、それはどうも、おおきに、ありがとう。

私も丁度、出かけるとこやったから、一緒に学校へ行きましょ。
ねーやー、江村さんからお卵頂いたから、奥に言うといて」
引っ込んでしまったねえやに声をかけて、上がり框(かまち)に包みを置いたまま、さっさと先に立った。

問屋の旦那さんにも奥さんにもこちらの気持ちは届くまい。好物を辛抱させられたのが口惜しく、悔やまれた。

両親には――えらい喜んでくれはった――と報告し無くてはならない。

家では〈こいさん〉学校では〈ミス大手前〉の榊原さんが眩しい。並んで歩くのに気後れしながら校門をくぐった。

あの時の口惜しさ、惨めさがありありと蘇った。

いや、いや、お役人や旦那衆のお嬢さん育ちの同級生を羨んでばかりでは前途が拓けない。今や新憲法のもと、戦後の日本はすっかり生まれ変って――人間みな平等、男女同権、身分や職業に貴賤なし――の世の中になった筈ではないか……。

などと勇んでみるが、いざ、我が家の連中の代表選手だ、となると切ない。

飛べるか飛べぬか、崖っぷちに立ってのチャレンジだ、へこたれてなるもんか――、持ち前の利かん気が頭をもたげ、教科書とノートだけを頼りに、習ったことを身体の隅々に叩き込む。

理解できないところは〈社研〉の男子生徒たちの親切心を頼みにして、学校で教えて貰う他ない。短い時間だが昌子には学ぶことの楽しさがたまらない。

「姉ちゃん、ホンマに勉強が好きやねんなあ。僕には無理や。真似でけへん」

「何言うてるの。健ちゃんは天王寺高校狙わなアカン。

旧制の〈天中〉言うたら、ここら一の名門やさかい、猛勉、猛勉……フレーフレーやで。お父ちゃんはあんたに洋服屋を継がせる気はあれへんよ。いつか全部、巌さんに譲るつもりやで。息子には同じ苦労させとうない、これからは月給取りが一番や、言うたはる。

健ちゃん、自分かて、うちの仕事は無理や思わへんの」

重苦しい気分になったのだろう、弟は黙りこくってしまった。

奥の居間から父親のいびきが聞こえる。

台所でことこと音を立てていた母親が、明朝の御飯仕度を終えたらしい。

「早よ、寝なさいや」

茶の間の二人に声をかけて奥へ引っ込んだ。

空襲で元の家が焼け、疎開先では住処(すみか)を転々と追われ、やっと帰れた大阪。

此処こそが私たちの故郷なのだ。昌子は七才年下の弟を心底から可愛いく思い、その両手を取って握り締めた。

「姉ちゃんは頑張るでー。健ちゃんも、一緒にガンバローな」

冬休みを待ち兼ねていたように、マルニの菊が昌子の手伝いを頼みに来た。

孝の様子も気懸かりに違いない。あいにく定吉と出掛けていて留守だが、とても熱心に外回りの仕事に精出していると聞いて菊は一安心の様子だ。

正月と年末の商い時に勇と菊ではどうにも店の手が足りない。お勝手の方は近所の下駄屋の末娘が通いで勤めてくれているので、昌子には店を助けて欲しいという。断るわけにいかない話だ。冬休み中、昼食後から夜の八時までの店務めを引き受けた。

見世物小屋の「寄ってらっしゃい、見てらっしゃい」同様に、勇は店の前で、通りすがりの客の呼び込みを愛想よくやってのける。

「兄ちゃん、良え背広入ってますねん。今流行のダブルでっせ。シングルもお気に入りがおましたら、上下別々でも好きに選んでよろしおます。どないにでも勉強させてもらいま。ちょっと見てやってチョーだい。上着にはネクタイも、どーんとおまけさせてもらいますわ」

「見るだけやで」

つい気を引かれて、覗きに入った客は、靴下一足、パンツ一枚なりとも機嫌良く買わされてしまう。

「また今度、金のある時、来るわ」

と、気に入って呉れて、馴染みになった客も少なくない。

勇の働きぶりに見とれて、昌子は感心するばかりだ。菊さえも大いに認めている。

「勇ちゃんは、ほんまに、この商売が向いてるねえ。あんまり売る気が強いと、お客に嫌われる筈やけど、話のやり取りするうちに、うまいこと相手が買う気になりはる」

「生まれつきの才能やろか。『売り言葉に買い言葉』言うたら喧嘩の時のやり取りですわ。そやけど、勇はそのやり取りの呼吸ですぐ人と仲良うなる、ほんまの話上手やねん！相手の気持ちをちゃんと捕（つか）まえてモノを言うコツを心得てますなあ。ワテもこれには降参やわ」

正月が近づくに従って、いつも気合満々、一騎当千の勇が、時々、椅子に腰を下ろしてぼんやり外を眺めるようになった。

「何や知らん、しんどうてかなわんのですわ。頭がぼーっとなって体が言うことを聞かん。

頑張らなと思うのに、う〜っと吐き気のすることもありますねん」

「難儀やなあ。あんまり気張り過ぎて疲れが出たのやろ」

菊も昌子も疲労のせいだと軽く見過ごしていた。

出勤して来て直ぐの勇は威勢が良いのだが、夜まで持たない。帰る頃にはぐったりと別人になってしまう。

様子がおかしいと気になり始めて昌子は両親に話してみた。

「肺病にやられてるのと違うか。軽いうちはごろごろと怠け病と同じやで」という定吉。

「栄養失調と違いますか。こんな食糧不足の折でも、昌子と同じで好き嫌いの多い子ですわ。ホルモンは気色悪い、ネギは臭い言うて、滋養のあるものを食べへん。昌子かて、口ばっかり達者でも、ガリガリ亡者のお痩せさんで、体は弱いですがな」

「そうやな、お母ちゃん、昌子らにもっと玉子食わせたいなあ。隆太に連れて来てもろて、ニワトリ飼おうか。疎開中は鶏で助かったなあ」

「アホなこと言わんといてください。鶏の餌なんかありまへん。粟(あわ)でも稗(ひえ)でもご飯に混ぜて私らが食べてるのやから……」

昌子はニワトリの尻から卵が半分出てきたのを見守りながら、ポトンと手のひらに落ちてくるのを待ったものだ。あのほんのりとした、なんとも言えぬ温さが掌に甦った。

仕事の手を休めずに喋っている三人の話を聞き止めて、いつもはおとなしい巌さんが呟いた。

「それ、ひょっとしてピカのせいと違いますやろか。ほんま言うと儂もビクビクしてますのやわ。呉の鎮守府で出征待ちしてる時、広島が新型爆弾にやられたんで、それっと救助に出動しましたさ。地獄としか言うに言われん。あの怖い体験は口にできませんわ。忘れたい一心です。勇ちゃんかて呉に動員中で、広島の両親は行方知れずのままですやろ。わしら二人、あの時浴びた放射能はなんともないのですやろか」

「もう四年も経ってるさかい、そんな心配あれへんよ」

「そやそや、巌さん、心配ないで。勇ちゃんは働き過ぎや。職人のわしらと違うて、お客さんに物凄う気い使う商売やさかい、神経が疲れてるのやろ」

広島を一発でぶっ飛ばし、続けざまに長崎を全滅させたピカドンが、原子爆弾だったということを知らされ、その破壊力や被害の惨状も、その後徐々にニュースで明かされていたが、大阪ではその怖さがさほど身に迫ることがなかった。

それが突然身近な心配事になった。誰も口にはしないが、レントゲンやラジウムの放射能が良くも悪くも人体に影響することは知っている。原爆に不安が無いわけはない。

昌子はつとめて明るい声で
「直接被爆したあとでも、広島や長崎で、無事に生活してる人も居はるやんか。草も木も生えてきたのやろ。何にも心配ないよ、巌さん」

「そんなら助かりますなあ。今になって思いますけど、日本は負け戦ばっかしで、勝ち目無しやった。呉も空襲攻めで海軍工廠までわやになってましたんやで。

そこへピカドンや。何もかもお陀仏ですわ。

わし、あんな酷い追い打ちかけたアメ公は許しません。

ええことばっかし言うてるけど、日本は言うなりになったらあきませんで」

聞いたことのない口調の巌さんだった。

確かにアメリカの政策が露骨に変わり始めている。学校の社研では最近のイールズ声明を強く懸念する声が高まっていた。――レッド・パージという方針が、新憲法で定められた学問や思想の自由を大きく侵害するのではないか。敗戦後の日本は、全てアメリカの意のままに支配され、アメリカが一番恐れている中共やソ連の防御壁にされているのだ――

というのが専らの意見なのだ。

「下山事件や三鷹事件やら、今度は松川事件やたら、わしらにはさっぱりわからん。けったいな世の中に成りよった」

「そやけど大将さん、私ら皆、朝から晩までラジオ聞きながらの仕事ですさかい、ええことも悪いことも、全部耳に入ってますがな。話の種には困りませんでえ。

あれらの事件かてアカの仕業やのうてアメリカさんが仕組んだのと違うのやろか」

清ちゃんがニコニコ言うのを聞いて、みんなのほうが本当の物知りなのでは……と思う。


原爆のせいかどうか、誰もその懸念を口にせぬまま、勇の病変を恐れていた。

暮れの三十日、勇がとうとう店を休んだ。ここまでよく頑張ったと菊は褒め、問屋行きも終わっていた社長が店に出て、商いの手は足りた。

大晦日と元旦は店を閉じてゆっくりできるぞと、夜の後片付けに精を出していると珍しくテツ兄が姿を表した。

「勇がご迷惑かけて、えらいすみませんです。実は困ったことになってますねん。あんまりしんどがるんで、季美子に頼まれてヒロポン飲ませてましたんや」

「そやけど、あれ、あかんのやないの」

「へえ、なんやかんや言うけど、まだ、なんぼでも手に入りますねん。よう効くし元気出るいうて飲んでましたけど、やっぱり、中毒になったみたいで……あきませんわ」

だんだん眠れなくなって、頭痛が止まらなくなった。しんどい病気が何なのか解らぬまま顔色が悪くなる一方で、食欲がなく痩せてくるのが心配だ。近所の医者に掛かっても、これという診断なしに胃腸や頭痛の薬を呉れるだけで、さっぱり効き目がない。

ヒロポンが一番やと続けるうちに、クスリが切れると震えが来てうなったり、暴れたり、季美子にあたるようになったという。もう仕事は無理、迷惑かけるようにならぬうち辞めさせてもらいたいという話だ。

そこまでになっていたのかと皆は驚いた。社長が他に打つ手はないか、市民病院の医師に見てもらおうと言うと、テツは強く頭を振った。

「あきまへん、俺等は浮浪者同然で、戸籍も何も役所と一緒に焼けてしもて、身分を証明するものは無し、金は無しです。

マルニで拾ってもろた勇はホンマに幸せやった。儂も親分のおかげでチンピラ稼業させてもろて生き延びてますけど、二人共ピカで死んででも不思議のない命ですねん。

何の因果か動員先の呉の工場で一緒やったのが、終戦でヒロシマへ帰れたけど、爆心地の中島町と天神町の二人の家は影も形もなし、勇の両親も、儂の母親と妹も行方不明ですわ。黒焦げの死骸の山や、川から引き上げられるボロボロのゴミ人間らをかき分けて探しましたで。

二年間諦めがつかず、駅前の浮浪者の中で暮らしたけど、とうとう親分に連れられて釜ヶ崎に着いたんですわ。

　こんな身の上話はじめてさせてもらいますけど、俺等、死ぬのは怖ない、勇はピカのせいで、今になって体が壊れてきたのかもしれん。あいつもそう言いますねん。

ポン中でもかめへん。楽に死なせてくれ云うてます。幸い、好きなおなごと一緒になれたし、季美子は最後まで見てくれるやろ。そんなわけでお礼とお詫びに寄せてもらいました。勇も季美子もほんまによろしゅうというてます。御恩は死んでも忘れませんいうて」

　勇が欠けて、代わりになるほどの働き手は見つかるはずがない。商品管理や金庫番も目離しできないとなると人選が難しい。窮余の一策に孝の存在が浮かんだ。

　短い期間ながら問屋周りなどで繊維業界のことにも僅かに通じるようになっている。この際、孝をマルニへ引き取ることも成り行きとして無理がないのではという定吉夫婦の意見が菊には有り難かった。音治もこの機会に俄拵(にわかごしら)えの増築を決断し、孝のため二階の上にもう一部屋乗せた。菊と孝親子の呼吸が合うことを誰も危ぶまなかった。

　店から手が抜けない菊に頼まれて、昌子が勇を見舞ったのは正月明けの十五日だった。

飛田の大門前に季美子の働く美容室が小ぢんまりと在った。昼の手隙時だったので、季美子がアパートへ案内してくれた。暗くて軋（きし）む階段を上がるとすぐの部屋の襖戸（ふすま）を引いて「昌子さんが来てくれはったよ」と声をかけ、よろしゅうにと季美子は駆け戻った。

「おおー、おおきに、昌子ちゃん。しんどい、わし、もうあかん」

「勇ちゃんらしうないこと言うて、元気出してちょうだいよ」

カーテン越しの光のなかで青白くこけた頬、凹んだ眼から生気が失せている。

「口から、鼻から、ケツからも血が出よる。腹が膨れてきて痛いし、どもならんわ」

せんべい布団から出た冷たい手を取ってそっと両掌で温めた。

「温（ぬく）いなあ、良えあんばいや……」

うとうとし始めた勇の枕元に、預かってきた見舞いの袋を置いてそっと立ち去った。

その三日後にテツが駆け込んできて勇の急逝を告げた。

独りでトイレに這って行ったらしく、廊下に血まみれで両手両足を伸ばしたまま息絶えていたという。帰宅した季美子はその場で腰を抜かしてしまった。毎晩訪ねるテツが季美子をドヤしながら始末をしたという。

あの部屋で真似事のような通夜と葬式をするので参ってやって下さいと泣いた。

親方が経を読む年寄り坊主を連れて来てくれた。飛田の遊郭で死んだお女郎たちを葬る役を何年も務めたという。塀の中にそんな無縁さんを祀る墓塔があるそうだ。

阿倍野斎場の焼き場で、勇の白いか細い骨は、箸で挟むにも難儀なほど脆く、南無阿弥陀仏を唱えるよりも、可哀想に可哀想にの声が勝って、誰もが泣きながら拾った。

社長が、やっぱり原爆の放射能で、白血病になる人が出てきたらしい——と医者から聞いた話をした。俺もその内やろか、とテツが頷いている。

アメリカに負けじと世界中が原爆を作り始めたら人類は、いや地球はどうなるのやろ、昌子は身の毛がよだつ思いになった。

四十九日を迎えて、勇の骨箱を「一心寺」に納めた。

「夕陽丘の『一心寺』さんがよろし、ほんまは浄土宗で法然さんのお寺やけどな。お宗旨は一切お構いなし、どこのどなたでも、わけ隔て無く仏さんにしてくれはる。お寺に納めたお骨は十年分集めて仏像にして納骨堂に祀ってくれはる〈骨仏(こつぼとけ)さん〉のお寺ですねん。お盆とお彼岸には大阪中の人が四天王寺さんと一心寺さんにお参りしますねんで。昌子、お母ちゃんも死んだら此処に納めてほしい思うてるから良う覚えといてや」

多可の勧めで、身寄りの無い勇にはお誂え向きの寺だと、菊も喜び納骨先が決まった。

逢坂の寺まで、骨箱の包みを胸に抱いた季美子とテツを先頭に歩いた。

歴史的な由緒のある古寺は終戦直前の大阪大空襲で丸焼けになっていたとは……一行は呆然とした。焼け跡に立つ仮のお堂で尋ねると

「ご心配ありませんで、何もかも無うなりましたけど、焼跡から古い骨仏さんの残骸を集めて、空襲で死にはった方々のお骨と一緒に第七期の仏像としてお祀りしてます。一昨年のことですわ。この方は次の第八期の骨仏になりはるから、お仏像はだいぶ先ですなあ。それまでお骨はちゃんと供養してお預かりします」

冥加料はお心次第ですという僧侶の言葉も有り難かった。釜ヶ崎のドヤの連中、飛田と新世界のテキ屋、チンピラ、オカマにいたるまで、勇を好いていた仲間たちからテツがかき集めたカネはまさしく貧者の一灯。みんなの「お心」をそっくり一心寺に収めた。

この日を昌子は一生忘れないだろう。昭和二十五年三月八日。大阪大学の合格発表の日でもあったのだ。イチかバチか入試は受けたが結果には絶望していた。追い込みの時期に試験勉強などしていられる状況ではなかった。阪大なんて、どうでもええ、やけくそな気分をお寺参りの間、忘れていた。

母親と二人の帰り道で「大学はどうやったのかなあ」多可がそっとひとりごちた。

「知らん、知らんわ。どうでもかめへん、きっとアカンで」

沈黙が続いた。

「ただいま」と多可が玄関の敷居をまたぐと、階段がどどうっと鳴った。
清ちゃんが真っ先に、あとのみんなも転がり出てきた。
「バンザーイ、バンザーイ、合格やあー。大将さんが発表見てきはりましたあ」
定吉が何とも言えない笑顔で昌子を見つめている。
健一がジャンプしている。
昌子の頰に新しい涙が止めどなく流れた。

待兼山（まちかねやま）ラプソディー

昌子の通学先、法経学部のある北校は阪急宝塚線の石橋駅から程近い待兼山（まちかねやま）にあった。

戦後の学制改革で旧制・浪速高校を統合し、その校舎がそのまま転用されていた。

近隣地区にある伊丹空港は占領軍に接収され、即時に軍事基地に転身してしまった。待兼山は嶺（みね）を境に二分され、敷地の一方は伊丹基地に駐留する米軍キャンプとなっていた。

大学キャンパスからは金網越しに赤屋根の将校宿舎の有様が手に取るように見えた。

その明るい傾斜地はまるで別世界だった。

頑丈に背高く張りめぐらされた長い金網を境界にして、向こう側には緑の芝生が広がっていた。赤い屋根と白いペンキ塗りの板壁の小住宅は、焼け跡のバラックを見慣れた昌子の目にはまぶしいほど色鮮やかに映った。

異国的な風情の瀟洒（しょうしゃ）な家々は程よい間隔に並び、芝生の間を縫う黄土色のペーブメントが軽やかな曲線を描きながら、明るいピロティのある前庭を次々に繋いでいる。

ロープにはためくカラフルな洗濯物、物干し竿を使わない、そんな干し方は見たことがなく、珍しかった。三輪車に乗る金髪の男の子、カーキー色のジープ、スマートな軍服姿の足の長いＧＩたちの陽気なふざけあい、外国映画のシーンを見るように昌子は密かに楽しんでいた。

しかし、帰りの通学電車では、きまって蛍池駅から乗り込んでくる若いＧＩとパンパンたちの傍若無人なじゃれあいを、見て見ぬ振りをしなければならない。

占領者で戦争屋、アメリカへの反感を表とすれば、映画や小説で親しんできたアメリカ文化や陽気なヤンキー気質への好感が裏、入学後の昌子の内心には二つの感情がいつもからみあっていた。

もともと英語好きで文学部に入ったのだったが、学内では親米的な気分をそがれるような状況が広がる一方だった。昌子は将来を考え進路の変更を決断し、法科に転部した。時流にあった現実的な選択だと信じていた。

ＧＨＱによる戦後の占領政策としての民主化統治は、朝鮮戦争勃発の前後から急激に方向転換した。いわゆる赤狩りが始まっていた。

新潟大学で発表された進歩的教授の大学追放を主張するイールズ声明が、学園の自治や学問の自由を脅かすものとして一九五〇年五月、先ず東北大、北大で反対闘争の口火が切られ、全国的な学園闘争の輪が広がった。

それがさらには全労連や全学連の共闘態勢をすすめることにもなった。未組織の学生、教育者、文化人の間にもレッドパージに反撥する気運が高まっていった。

そして六月、共産党中央委員会の活動禁止、機関紙の「アカハタ」発刊禁止、党国会議員の公職追放となり、共産党は地下にもぐった。

コミンフォルムによって平和革命路線を国際的に批判された日本共産党は、地下活動を盛んにし、五全協の決定に従って暴力革命路線への強硬な方向転換をすすめていった。

赤狩りの進行と続けざまに、同月二十五日には朝鮮戦争が勃発したという事態を背景に、共産党主導による一連の反米反戦の騒乱がつぎつぎに日本各地に展開されていった。

「平和と民主主義をわれらに」というスローガンのもとに、共闘を組んだ学生、労働者、在日朝鮮人の側にこそ、大義名分があり、正義があると、昌子は信じ、疑うことを知らなかった。大学内の治外法権はまだ守られており、警察の立ち入ることがない自治区域であったので、阪大北校では学内細胞の非合法活動が盛んだった。

一般の学生たちは誰がパルタイ（党員）なのか分からぬまま、社会科学研究会、文学研究会、新聞会などの活動に誘われ、やがて学生集会に参加するのが面白くなる。思想的に感化され、意識的なシンパとして、反戦・平和運動の陣営に加わることにもなる。

左翼の学生たちは頭が良くて、読書家で、弁が立ち、少々過激な理論家で、情熱的な理想主義者ということで魅力的な存在であった。教授に見込まれたり、可愛がられたり、学生生協や食堂の従業員たちの受けもいい。

そういう優秀な人気者連中が、もしやp（ペー）（パルタイの隠語）の人ではと噂の的になり、女子学生の関心を集めていた。彼らの影響力は大きかった。

昭和二十七年（一九五二）六月二十四日の夕方、キャンパスに異変が起きた。

三々五々に待兼山を降りて帰路に着く学生たちの流れはいつも通りだったが、それをさかのぼってくる異様な人並みが坂道に続いていた。

作業服のままの労働者群、背広姿のサラリーマン風グループ、角帽の徽章（きしょう）でわかる他大学の学生たち、とりどりの服装の女性たちの中には看護婦の白衣姿あり、民族衣装のチマチョゴリありで、ふだんは滅多に大学構内に上がってくることの無い人々の群れである。

阪大新聞の腕章をつけた啓太と昌子は取材のために坂の上でメモを取っていた。写真撮影は禁じられていた。

お祭りのような愉しげな様子だが、スローガンを書いたプラカードを運んでくるものが多い。いさましくインターナショナルの歌を合唱して歩いてくる一団もいる。

誰もが意気盛んで、これから開催される〈朝鮮戦争勃発二周年記念・前夜祭〉に向かっていた。

主催する大阪府学連は〈伊丹基地粉砕、反戦、独立の夕〉として学生たちを動員していた。学生の組織の他に全労連、朝鮮総連、民青などの組織から集められた参加者が千名ほどになると予想されている。

下校の足を止められ、決起集会への参加、不参加をめぐって激論するグループの姿もあった。参加を誘う千賀(ちか)と昌子を取り囲んで、自称リベラリスト女子学生たちが上気した顔で不参加を詫びていた。校庭の中央にはうず高く木材がやぐらに組まれ、手拭で鉢巻をした数十人の学生たちが火祭りの準備に奔走している。

広いグラウンドに人が満ち、日暮を待ち兼ねるようにファイア・ストームが始まった。

燃え盛る火を囲んで青年合唱隊が勇ましい革命歌を次々に歌い上げた。声をからしてアジ演説をぶつものが代わる代わる演台に立った。夜の集会が二時間ほどで終ったあと、群集はいくつかの集団に分けられ四列縦隊を編成するように指導された。

これからがいよいよ本番なのだ。


一週間ほど前、昌子は待兼山の松林の窪地に向かっていた。

午後の陽がまだ頭上に高く、ほとんどの学生が講義に出ている時間帯なので、キャンパスの通路に人影はなかった。

キャップの指令で阪大北校細胞の緊急会議が招集されているのを昌子が知ったのはつい先刻のことだ。ここのところ党員の千賀から熱心に入党をすすめられているのだが、昌子にはシンパとしての自信さえ無い。

それが今日は、党の絶対的な信頼を得ている同志として、重要な会議にぜひ参加して欲しいと千賀に強く乞われた。

学生運動の活動家の、いったい誰がパルタイなのか、正確なことは一般学生たちには勿論、昌子にさえ皆目わからない。千賀や黒田のように積極的に学内で党員獲得のオルグ活動をする者の他は、堅く秘密が守られている。

党の信頼に応えなければならないと、昌子は心を決めて午後の講義をさぼった。

学生部のある建物の脇を用心深く通り抜けて、まぶしい光の中を急ぎ足で裏山の赤松の林に向かった。高みから振り返ると校舎の陰の芝生に寝そべって居る学生の姿があった。どうやら読書に熱中していて気付く風は無い。昌子も散歩をよそおって本を片手にゆっくりと用心深く、窪地に近づいた。

「おい、こっち、こっちや」押し殺した声がした。

松の根元に身をひそめ、顔を寄せ合った六人がいた。一様に緊張で蒼ざめ、眼光ばかりが鋭かった。学生たちの体臭と草いきれが鼻をつく。

メンバーたちの円座に招き入れられた昌子を、正面の啓太がじっと見つめていた。右隣のキャップと呼ばれる学生のあぐらをかいた膝頭が小刻みにふるえていた。

昌子がしゃがみこむとすぐ、重大な決定が明かされた。

「みんなも知ってるやろが、六月二十四日に待兼山キャンパスのグラウンドで大規模な朝鮮戦争勃発二周年記念・前夜祭が開催される。反戦・反米の大闘争が今や全国的に展開されてるけど、今回はこないだの宮城前の血のメーデーの仇討ちでもあるわけや。

我々はこの記念集会の後、デモ行進を敢行する。目的地は吹田（すいた）操車場、そこに突入して朝鮮へ送られる軍需物資や武器を輸送する貨車の運行を阻止する作戦らしい。

具体的な詳しい戦略はごく一部の幹部党員が知ってるだけで分からん。その指令のとおり動け、ちゅうこっちゃ。

待兼山が拠点やさかい、阪大北校細胞が主導的にやれ、と地区委員会から極秘の情報が伝えられたというわけや。地区が組織した労働者とか、在日朝鮮人とか、ごっつい同志たちの支援もある。府学連はもちろんや。

そやけど主力には、あくまで阪大学生を動員せなあかん。

労働者、在日朝鮮人、学生の三者共闘の成果として人民戦線の勝利を獲得せよということで、二十四日に赤屋根を焼く。二十五日は吹田や……」

「ちょっと、待ってくれよ。赤屋根を焼いてしまえって、おれはわからんぞ。あれを燃すのか」

啓太が背後に頭をまわし顎をしゃくった。

境界の向こうの駐留軍住宅を、学生たちは赤屋根と呼び習わしている。

「地区のエライさんは無茶言いよるなぁ」

黒田が腕組みをしておっさんのように呟いた。

「キャップ、頼みまっせ。そんなアホなことは絶対出来ません。後のことも考えてください、言うて突っぱねてくれよ。

なんせアメさんはいつでもカービン銃構えて、こっち向きに警備しとおる。むこうもこわいのやろけど……非武装のこっちに勝ち目なんか無いわ」

文研の浅井も黒田に賛成して続けた。

「府学連のスローガンはたしかに伊丹基地粉砕やけどな、赤屋根を襲撃して何になるんかなぁ。基地への実力行使だ、としても屁みたいなもんやないか。止めとこ、やめとこ。大学への弾圧がどないなることか」

啓太がほっとしたように頷いて言う。

「学生は歩け歩けだよ。丸腰でデモる。軍需列車を止める。それでいいじゃないか」

「在日の人らはそれではすまんわ。みんないきりたってる。火炎瓶や竹やり、石ころを用意するちゅう話も聞いてるよ」

千賀が昌子に目を向けていった。

彼女に頼まれて三日前に風呂敷包みを池田まで運んだ昌子は、やっぱりと思いあたった。包みの中身が瓶で、液体がちゃぽちゃぽとゆれるのである。酒の瓶ではなく、理科の実験に使う薬品の容器の感じだった。持たされたメモのとおりに行くと、駅前通りのはずれでホルモン焼きの店が難なく見付かった。

客のいないのをさいわいに、店内を一気に調理場まで進んで包みを差し出した。

「頼まれもンです」

「オオキニ、オオキニ」

とよろこんでくれた店のおっちゃんは明らかに朝鮮の人だった。

シンパの女にはこういう役があり、パルタイの男たちが大事にしてくれるのもそれ故なのか、昌子の心中に多喜二の『党生活者』の女たちのことがふとよぎった。

あの日伝えられた命令がこれから実行されるのだ。ここに残った人たちはそれなりの覚悟でのぞんでいるのだろう。

べつに悪いことをするわけでない。戦争放棄の宣言をした平和憲法のもとで、アメリカに軍事協力して戦争に加担することは憲法違反だと抗議する、正義の運動なのだ。

しかし、遅い帰りを待ちあぐねている両親の姿が浮かぶ。ふたりは昌子を大学さえ出してやれば、かならず幸せになると信じきっている。自分たちが果たせなかった夢のような生活を、将来、昌子が手に入れることを疑ったことがない。

娘がアカの一味になったなどと知ったら、どうなるか。話せば分かってくれるなどという生易しいものではあるまい。

――あほなこと止めとけ、あたま冷やしなさい、マサコ――

家族たちの声がウオーンと耳の底で幾重にも響く。

――大丈夫、これかて、みんなのためなんよ――

間違ってはいないと心を固めた。

学生集団が一ヶ所に集められてみると女子学生の姿は予想よりも少なかった。男子学生ですら、夜を明かす勇気が無いのでゴメンと数人が集会の後、首をたれ山を下っていった。文学部のばりばりの女闘士とされている千賀が「よう」と昌子の肩をたたいた。千賀からは熱心に入党をすすめられているが、まだまだそこまで決心の付かない昌子である。

「ワーッ、居った居った、良かった、一緒の班になれたやんか」

関大生で、親友の郁代が飛びついてきた。

「きっと来ると思うてた。会えるかどうか心配はしてたけど……」

「女子は中に入って二列、その両側に男子が二列ずつに並んで女子を挟んでくれ。広い道は六列、狭いとこでは三列縦隊や。いつでも女子を外側にするなよ。男子が両側から守るのやぞー」

メガホンでキャップが叫んでいる。男子学生がいっせいに隊列に加わった。

駆けつけてきた啓太が昌子の右側に立った。昌子は郁代と手を繋ぎ合って横に並んでいた。同じ列の左端が黒田だ。後ろは千賀、周囲はみな知った顔ばかりなのでほっとしたが、いずれもが緊張した面持ちで黙っている。

大きなざるに盛ったおにぎりをチマチョゴリのオモニたちが二個ずつ配ってくれた。腹ペコ戦士たちは、有り難い夜食におおよろこびで、ぱくついた。

やがて大太鼓がどーんどーんと鳴り響き、先頭の一団が動き始めた。「民族独立行動隊」を歌いながらの出発である。歌というよりは怒号だった。

——民族の自由を守れ　決起せよ祖国の労働者　栄えある革命の伝統を守れ——

先頭の朝鮮人部隊は異様なほど殺気立っていた。手に手に棒切れを持っている。プラカードを解体したのだ。近くの竹林から失敬したのか即製の竹やりをかついで奇声をあげている者もいる。これが武装なのか、いったいだれとけんかするつもりなのと、戦争中の国防訓練を思い出して昌子はちょっぴり虚しくなった。

素手の学生隊は鳴りをひそめたままスタートを待っていた。デモ行列の先頭と末尾に労働者と在日朝鮮人から選抜された精鋭部隊が配備され、一般学生を含む昌子たちの一団は前後を守られる編成になっていた。

校庭を出て、早足で坂道を下っていると、千賀が後ろから啓太に語りかけてきた。

「わたしら一番安全な隊やけど、昌子が心配やわ。なんせこの人、前に大ドジやってるさかいねぇ」

「だいじょうぶ、だいじょうぶ。今回は僕と黒田がついている」

「二人で守ったるでぇ。心配せんでもええぞぉ。そやけど、ほんまにマサ公は逃げ足おそいからな。今日はせいだい走ってや、たのみまっせ」と黒田がふざけた。

「はーい、がんばりまーす。よろしゅうおたのもうします」

ばつの悪い思いで昌子は声をはりあげた。あとは粛々と深夜の行軍が続いた。

自分はなぜこの道を歩いているのか、沈黙の行進が次々に昌子の記憶をさかのぼらせた。


有頂天で大阪大学入学を喜んだのも束の間、昌子の生活はみじめだった。すでに初老を迎えていた父と母は時流に取り残されるばかりで、暮らしは少しも良くならなかった。

有り金はたいてやっと手に入れた焼け残りのボロ長屋の一軒に、昔ながらの徒弟関係を頼みに、住居を兼ねた縫製工場をひらいて生計を立てていた。

戦前の全盛期に丁稚奉公から勤め上げて職人になったのが、これからという時に戦争が始まり、あれよあれよとばかり、続けざまに兵隊に召集されていった。

戦後、運良く生還した一人が親方の消息を尋ね当て、大阪で再起を計っている昌子の父の許に戻ってきてくれたのが工場再建のきっかけだった。戦中の疎開先だった奥伊勢の山村からも、縫子を志望して三人の娘と丁稚の少年が住み込んだ。

九人の同居家族のうち、ミシンを踏まずに食べさせてもらっているのは昌子一人なのだ。

女性に初めて門戸が開かれたばかりの国立大学で、幸いにも先陣を切って学ぶ身になったこと自体、どうにもやりきれない心境になってしまう。家のみんなになるべく負担をかけまいと、昌子は学生課に張り出されるアルバイト募集なら、何でも応じた。

発足して二年目の新制阪大は校舎不足で、蛸足大学と悪口を言われるほどにキャンパスが八方に分散していた。

新入生の昌子の場合は、北畠にある旧制大阪高校が新制阪大南校となっていて、そこで教養学部の一年間を学んだ。新旧の学生が混交する校舎ではバンカラ風が幅を利かしていたが、旧制の猛者(もさ)たちもさすがに初めて共学する女子学生については扱いかねている様子だった。学校側でも、学生課や教授たちにさえ戸惑いが見えた。

校門を入るとすぐ左の小部屋が女子学生専用室にあてがわれ、理系、文系の志望学部の別なく集まった十名ほどがたやすく仲良くなった。折からのイールズ声明反対運動に呼応して、女子学生リベラリスト・グループを名乗り、部室の外に反対をアピールする声明文を貼り出した。

なかなかやるやないかと男子の左翼学生たちを喜ばせたが、独文の人気教授・カクさんの逆鱗(げきりん)に触れて、全員がいきなり教授室に呼び出された。

「キミたち、一体全体〈リベラリスト〉とは何だと心得ているんだ。生意気にもほどがあるぞ。自由の、自治のという前に、政治思想史の勉強をしてみろ。恥を知りなさい！」

真っ赤になって怒っているカクさんに、ピンと来ないまま皆で頭を下げ、すごすご引き下がって、声明文をはがした。女子学生の面目丸つぶれの一件だった。

主導権を発揮した千賀だけが「あの反動教授め」と一向にめげることがなかった。

彼女はなんとなく敬遠したくなる相手だった。昌子は混沌としたキャンパス生活のなかで、新旧の学生の〈知性と教養〉の差異を嫌になるほど思い知らされていた。大人びた旧制の連中がからかい気味に、千賀を教条主義メッチェンと呼んでいる。おなじに思われたくなかった。

女子学生に募集のあったアルバイト先で、その千賀と鉢合わせした時はお互いに驚いた。阿倍野の近鉄百貨店の売り子だといわれてきて見ると大特売会での靴売り場。左右ばらばら、サイズとりどりの子供用運動靴をどーんと山積みした特設台で、お客に選び放題をしてもらうという仕事だ。

値段も安いが物も悪いのは一目瞭然だが、親子連れの客が争って靴の山をひっくりかえして一足に揃えるのを、必死に手伝った。売るというより親身な気持ちだった。

弱い合成ゴムの靴底の穴から砂利が入って痛いのを、ばれないように我慢しながら通学した覚えがあって身につまされるのだ。

この子らも同じ目にあうだろうに……。あったあったと左と右の靴をあわせて、とび跳ねる姿をみると、やっぱり昌子も嬉しくなってしまう。闘士の千賀が、一緒に働いてみると意外に不器用ではかどらない。客あしらいも昌子のほうが上、商人と教師の子の血の違いやろと笑う昌子に、千賀は頼りにしてますと低姿勢になる。家も近所とわかり、上町線の電車代を節約して歩く道すがら、話題が政治や思想問題に発展すると、千賀の瞳の輝きが別になり、たいへんなアジテーターに豹変する。

熱病に浮かされたように上気した頰が赤く染まり、斜視気味の眼が光を帯びてきらきらし始めると千賀は恋をしている女のように美しくなる。

平素は仮にも美人といえない人がそうなることの不思議に、昌子はこころをうごかされるのだった。千賀のオルグ活動は益々壮んになっていった。

思想的に共鳴するところは多かったけれど実践には慎重でありたかった。娘の将来に人生の夢のすべてを託している両親や、家業を支えてくれている住み込みの家族同然の人々の期待に背いて、みんなが何よりも嫌い、おそれているアカには絶対なれないと自分を固く戒めていた。

二年目になると教養学部がようやく一ヶ所に統合され、南校の学生たちは待兼山にある北校に移ることになった。千賀も一緒だった。南校で孤独なプロパガンダ闘争をしていた千賀は、学生自治会ぐるみの反米反基地闘争の壮んな北校では水を得た魚になった。

新学期が始まって間もない頃、校内の池に廃材の板を不器用に組んだ筏（いかだ）が浮かされた。誰の仕業か、筏の上に打ち付けたプラカードには墨で黒々と、「ヤンキー・ゴー・ホーム、アメ公帰れ」の日英両文が大書されていた。池の土手の向こうには米軍キャンプの丘陵地がひろがっていた。

筏の浮いた日、昌子は千賀と昼食を約束していたので学生食堂で彼女を待っていた。入り口横で学生たちが円陣を作って背広姿の男から新聞を受け取っているのに気付いた。男はこげ茶のダブルの上衣にグレーのズボンを着込んで、学生とは思えない。

おまけに黒々と濃い髪をポマードで光らせ、オールバックに撫で付けている。なんとも気障（きざ）でいけ好かないなと眺めていた。

ひとしきり立ち売りが終ると男は無造作に新聞の束を抱え、食堂内を見渡したかと思うと、つかつかと昌子のテーブルにきて一部を引き抜き、鼻先に差し出した。

タブロイド判の薄い新聞が放つインクの匂いを男の体臭のように感じて、昌子は視線を伏せた。

「あのおー、これ阪大新聞です。今度、僕の書いた小説が連載になるんですよ。ひとつ読んでもらえませんか」

　正面から見つめられていると思うと、昌子は眼を上げることも出来ず、うつむいたまま胸ポケットから小銭入れを探り出していた。

「実はいちど、キミにお願いしようと思っていたんだけど……キミ、文学部志望の江村昌子さんでしょう。千賀くんから聞いてました。

　僕たちの新聞会では、ぜひ、女の子（メッチェン）に手伝ってもらいたいんです。なにせ野郎ばかりで、ひどく殺風景なのでねぇ。

　それに、金勘定のルーズな奴ばかりなもんだから、部費の管理をしてもらうのに、メッチェンの力が必要なんですよ。どうですかねえ、考えてもらえませんか」

　男は昌子の横の空席に坐ると、物馴れたふうに煙草をくわえてマッチの火をかざした。ペンだこのある指と、綺麗に短く切りそろえた爪が眼にとまった。

「おお、やっとる、やっとる。こら、北浦、おまえのとこばっかり誘い込んだらあかんで。うちの社研に、ぜひとも入ってもらいたい思うとるんや」

　色黒で眉の太い学生服の男が大きい声で話しかけてきた。

「社研の黒田です。こいつは北浦啓太いいます。僕の親友ですねん。この間から二人でキミに注目してたわけですわ。僕はいつも校門のとこでアジビラばっかり撒いてるさかい、顔ぐらい覚えてませんか。

うちの社研ではエンゲルスの『家族、私有財産および国家の起源』の講読会やることにしてます。千賀くんの話では、キミ、マルクスやエンゲルス、勉強してみたいのやて……」

「おいおい、黒やん、よしてくれよ。江村さんには今日、うちの部のコンパに招待して新聞部の様子をぜひ見てもらおうと思ってるんだ。どうですか、江村さん。見学のつもりでね。いいでしょう?」

北浦の誘いは強引だった。

反米闘争の拠点である北校に移ってから、急に英文学への興味が薄れた昌子は、教養学部を終えた後は法学部への転部を志望し、現実の社会に向き合う職業につきたい等と考えていた。ジャーナリストは夢の筆頭だった。大学新聞部への誘いには気持ちが動いた。北浦啓太は詰襟の学生たちの群れにはない、大人の雰囲気をただよわせていた。大阪弁をしゃべらない文士気取りの、この青年についての興味も湧いて、昌子は午後の招待をことわりかねた。

あとから現れた千賀の口吻では、社研の黒田はたいへんな勉強家で、どうやらパルタイの強力メンバーらしい。黒田の噂をするとき、千賀の眼に灯がともるのを感じながら、昌子は北浦啓太のことをたずねてみた。

「ちょっと変わったはるけど、信頼してだいじょうぶな人やわ。『ものすごい博識で、感性のいい奴や』って、黒田くんが褒めてはったよ。昌子にはぴったりや思うし、社研よりも新聞部のほうがおもしろそうやね」

放課後、学生食堂で北浦と落ち合い、連れ立って待兼山の坂をくだった。

道すがら北浦は淡々と、自分が北海道の函館出身で、旧制弘前高校からの臨時編入生であることを語った。「織田作の大阪の空気を吸ってみたくなりましてねえ」などと言い、自分が小説家志望であることも付け加えた。

北浦にあれこれたずねられるままに話を交わすうち、昌子は十歳も年上に感じていた彼が自分と三歳違いに過ぎないと知って、その早熟におどろかされた。

旧制の学生には、復員兵らしいくたびれた軍服姿で通学する者がいたり、年齢も素性も知れない男性が何人か混じっていたりした。

北浦啓太もなにかいわくありげだが、昌子には量りがたい。

案内されたコンパの会場は梅田の駅前の路地に密集している朝鮮部落のホルモン焼きの店の中の一軒だった。天井の低い二階の部屋に動物の臓物を焼く独特のにおいが立ち込めていた。

こんなところへ……来るのじゃなかったと動悸が強くなった。階段を鳴らして、女連れで現れた北浦をむかえて、一同がほおうと声をあげた。

六畳ほどの座敷に円座になって学生たちがあぐらをかいていた。みんながにじって詰め、やっと二人分の空き間を作ってくれた。そこに割り入った北浦は
「さて、われらが阪大新聞会始まって以来の、歴史的新入会員、江村昌子さんを紹介します。現在教養学部二年、大手前高校出身の才女でありまして、将来はジャーナリスト志望のフレッシュな感覚の持ち主です。

ぼくの強引な勧誘作戦が功を奏しまして、入会を決意してくれました。

数少ない女子学生を見事射止めた我が輩の手柄を大いに認めていただき、江村さん歓迎の乾杯をおねがいしましょう」と、どぶろくを満たした白いコップを片手に上げた。

ペテンにかけられたような入会だったが、昌子は「よろしくお願いします」といったきりで、気の利いたひとことも言えなかった。学生たちはユーモラスに自己紹介をはじめた。

新聞会は全学的な組織であったので、文、法、経の文科系に限らず、医、理、工といった理系の学生も居て、多士済々の集まりであった。

そんな中に飛び込んでしまった昌子は身の置き所が無いような不安にとらわれていた。

一人が「ところで江村さんは、宮本百合子についてはどう思いますか?」と聞いた。

「はあ、尊敬しています」

「いや、ぼくは、百合子のプチブル性についてはどう思うのかという意味で尋ねているんだ」

そのことなら、言いたいことはたくさんある、尊敬とは言っても……昌子の胸中は複雑なのだ。一座の注目を浴びながら昌子は次の言葉を探していた。

「まあ、君、今日は固いこと言うなよ。つぎは余興だ、文と理の合戦でーす」

だれかがうながしたのを皮切りに、二組に分かれてジェスチャーゲームが始まった。これには北浦が異彩を放った。両手の指を頭髪に突っ込んでもじゃもじゃに逆立ててから、あらあらしい身振りをしてみせるのだが、昌子には全く見当がつかない。

新入りの会員を除いて、皆がどっと笑い声を上げた。口をそろえて
「チャタレー夫人の恋人！」「ご名答！」

最近、発禁になったロレンスの小説を部員のほとんどが読んでいるらしい。昌子の知らない男たちの世界がそこにあった。


新聞会員になった昌子の周辺には、北浦と黒田を中心に左翼の学生たちがこころ安く集うようになった。千賀はその仲間たちに働きかけて、着々と反米運動の輪を広げていった。

活動家たちの熱心な誘いにほだされて、昌子は初めて池田地区のメーデーにも参加した。例年と異なり、各地で散り散りに催された分裂メーデーということで、池田山公園に集まった労働者や学生の人数は期待より少なかった。市街の屋並を一望できる高台の園内は五月の陽気が満ち、盛りを過ぎたツツジの植え込みの間を縫うように行列が動いた。反戦スローガンを唱和し、「インターナショナル」にはじまる革命歌や労働歌を合唱しながらの行進は市中に繰り出すことがなかった。池田市から許可されない、閉ざされたメーデーという不満が、お互いのグループのエールに燃えた。お祭り気分の熱気が盛り上がり、共に闘う仲間同士という連帯感に結ばれた人々は愉しそうだった。

半袖のセーター姿でのデモ行進に汗だくになりながらも、昌子はこの祭りに心の底から溶け込んでいないのを感じていた。

自分の家で働いている人たちは、ここに居る組織労働者たちとは全くの別世界で生きている。メーデーなどにはお構いなし、皮肉にも朝鮮戦争の特需景気のおかげで、少しばかり注文の増えた背広の縫製に精出して休む暇もなく働いているのだ。

昌子がデモに参加して、反米・反戦の意思表示をすることが、究極的には我が家の連中のような零細な家内工業で食べている人たちのために、何か良いことになるのだろうか。

ほんとうには良く分からないまま、活動家たちの晴れ晴れとした笑顔には魅せられてしまう。彼らは前衛としての学生の革命的な役割を確信して迷うことがないらしい。

ノンポリをきめこんで、無関心を通す者、自治会の活動に共鳴するが、学生運動家の過激な言動には二の足を踏む者、学生たちの意識は様々だった。反戦・平和運動に積極的な参加をよびかける学生大会が五月末に開催された。

日本国内の工場から密かに軍需品が朝鮮に輸出されているという情報が明かされ、近隣の「ダイハツ」へ反対デモを仕掛けようという提案が多数決された。一般学生の関心が高まったことに自信を得た自治会メンバーが、せっせとビラを撒き、工場前への集合を呼びかけた。

誘いに応じて工場前に集まったのはせいぜい五十人ばかり。学生集会で目立った発言をした顔ぶれが、友達連れでやってきた様子だ。千賀も一緒だ。昌子はシンパの仲間たちに親しみを感じて気軽に列に加わった。

北浦と黒田がビラの束を全員に配り始めた。昌子に気付いて

「おっ、君も来ていたのか」と意外そうな顔をした北浦に

「どや、ぼくの見込みどおり、江村さんはなかなか実践的な女性やろ」

黒田が手柄顔で言う。

「ヒトゴロシの兵器をー作るなー　チョウーセン戦争ーはんたあい」

黒田の大声に合わせて、学生群はシュプレヒコールを何度も繰り返した。

門衛が苦い顔で立ち尽くしていた。

「これから工場内に突入する。ビラを配り、労働者諸君に共闘を呼びかけよう」

「こらあ、むちゃなことは止めなさい」と両手を広げてひょろける門衛を尻目に、隊列は一塊になって門の中に走りこんだ。砂利が鳴った。

昌子もその勢いに引きずり込まれるように前方に走り出していた。

工場のだだっ広い敷地内に入ると、みんなは思い思いの方向に散って、昌子の視界から消えた。一人になったことをひしひしと感じながら、なおも奥に向かって走っていた。

その方角には誰の影も見えない。一瞬の躊躇(ちゅうちょ)を振り切って大きな建物の黒い開口部に飛び込んだ。

頭の中がぐわあんと鳴って自分の声が耳に届かなかった。

「五・三〇に結集して、いっしょに闘いましょう。朝鮮戦争の即時終結！　人殺し兵器の生産を止めよう！」

知っているかぎりを大声で怒鳴った。

機械に注油している若い職工は昌子に一瞥をくれただけで、すぐさま自分の手許に視線を戻した。よそよそしい他人の顔だった。差し出したビラなど受け取ろうともしない。同志とか兄弟とか言って呼びかけられる相手ではなかった。

昌子は失望して次の男に駆け寄った。近づいたとたん

「あほんだらあ。邪魔すんなあー」

怒鳴りつけた男の形相は敵そのもの、油光する汚れた顔が憎悪にゆがんでいた。

たじろいだ昌子は職工たちの足許に数枚のビラを撒いてその場を逃げた。

きりきりと鋼鉄の削り屑が、銀色に輝く渦巻になって噴き出ていた。なつかしい匂いだ。

こんなはずではなかった。私の大好きな、なつかしい職工さんたちはどこへ消えてしまったのだろう。

「おーい、ねえちゃん、むちゃすんなよ。早う出て行かんとポリ公が来よるでえ。はよ、往んでくれ、往んでくれ」

年配の旋盤工が手をひらひらさせて、あっちへ行けというしぐさで叫んだ。

その時、光を背負って真っ黒い人影が数人、昌子に向って駆け込んできた。

だれかが「ポリ公やーにげろー」と大声をあげている。

昌子は機械の間を駆け抜けて別な出口を探した。建物の隅の非常口を押し開けて外に飛

び出した。眩しくて目がくらんだ。

敷地の奥の奥に入ってしまったのか、門の方向など全くわからない。背丈の倍以上もあるコンクリート塀の壁に張り付いた格好で、後ろから両肩を押さえつけられて、昌子はへたりこんでしまった。

逆らう気力もなく、足許が宙に浮いて頼りなく、警官に引かれるままに歩いた。

幌つきの小型トラックの荷台の中に数人の学生が頭をたれ、うずくまっていた。

白いブラウスの袖付けをほころばせた千賀がにじり寄ってきて耳もとにささやいた。

「完全黙秘やで」

昌子は事の思いがけない成り行きに動揺していた。反戦と労学共闘の呼びかけは正しいのだと信じていた。こうして逮捕されてみると、無届デモと不法侵入の罪で咎められ、正義を貫くことが法に逆らうことになる。矛盾は百も承知できる。

しかし、自分の行動がダイハツの工員たちに全然受け入れられなかったことに打ちのめされていた。

風水害が荒れ狂った昭和九年の暮れから、大東亜戦争勃発後二年目の昭和十八年末まで、二歳の昌子が十二歳になるまで育った大阪東成区深江町は、小さな町工場が密集する新開地だった。

工場主の大将と従業員たちは家族のような親しい関係で、同じ屋根の下で汗を流していた。金持ちとビンボウ人に大差がない暮らし向きの中で、大人も子供も分け隔てのない気楽な近所付き合いが保たれて、町内は活気に満ちていた。

路地を隔てた隣の鉄工所が幼い昌子の大好きな遊び場だった。

うあんうあーんと機械がうなり声を立てている作業場に駆け込んでくる昌子の姿を見つけると、職工さんが油だらけの両手をズボンの尻にこすってから、さっと抱き上げる。

「あかん、あかん。危ないからはいってきたらあかんでぇ」

軽々と眩しい戸外の光の中へ戻して、昌子を追いかけて来た子守のさっちゃんに
「背中のボンが重たいやろけど、この子も、あんじょう守りしたれや。あぶのうてかなわんわ。さっちゃん、たのみまっせ」やんわりと咎(とが)めて
「あとで遊んだるさかい、ええな。もう来たらあかん」

昌子のほっぺを優しく突ついて工場の中へ駈け戻っていく。

少しも懲りずに何度も繰り返す昌子に手こずったさっちゃんが、べそをかいて母に訴えた。きつく禁じられたので工場の中はあきらめた。

町内会の昼のサイレンが鳴ると、敷地内のわずかな雑草地でいつも弁当をつかう安さん

が目当てだ。ごつごつの木綿の職工ズボンの油臭い股の間にすぽっと挟まれて、固いご飯をひと口もらってもぐもぐしていると、母親が勝手口から飛び出してきた。

糸屑だらけのスカートをはたきながら頭を下げ、

「すんまへんな、いつもいつも、ご厄介かけてばっかりで……。ホンマにこの子、工場が好きで好きで、かないまへん。うちのミシンでは辛気臭いのですやろなあ」

家の戸を閉めたとたんに母親の顔つきが別になった。叩かれる前に手を合わせて

「かんにんや、おかあちゃん。もう行かへんよって」

「けったいな子やなあ、女の子のくせして危ないこと好きで」

「男好きなんやろ。となりの方が男らしいからと違うか。うちの商売は女くさいわ。男がミシン踏んで針仕事してるのが、昌子にはしょむないのやろまいか」

「よういわんわ、おとうちゃん。子供の教育にもならんこと言わんといてくださいよ」

昔から、昌子に甘い両親だった。

工場に飛び込んで警察に捕まったことが知れたら、父母はどうなることか。昌子はこれから起きる事態にありったけの気力を集めて、粘り抜く覚悟をきめた。

逮捕された学生たちは一人ずつ取調室に入っていった。昌子の番が来た。四人の係官に質問攻めされるが「完全黙秘やで」という千賀のささやきが耳の底から離れない。名前、住所、学年はと何度も繰り返される質問に一言も応じないで口を閉じたままだ。業を煮やした担当官が「こんなしぶとい奴の親の顔がみたいわい」と吐き捨てるように言った。両親のことを言われて、涙が抑えきれなくなった。

「名前さえ言うたら、書類送検はされないし、今日中に帰れるぞ。黙ってたらここへ泊まって貰うだけや。頭冷やしてよう考えてみい」

さっき力ずくで指紋を取られた時の墨が掌のすじに残っているのを見つめ、前科者の烙印を押されてしまったような自分に向き合っていた。

他の連中は名前を白状しよったと別の係官が入ってきた。昌子がどうしても信じないので彼はもどって、今度は千賀を連れてきた。

「もう黙秘したかて無駄やわ。さっき、学校から代表者が貰い下げに来て、私らの名前を言うてしもたのよ。書類送検はしないという条件やから」

眼鏡の中の千賀の目が昌子の視線をそらして虚ろなのが気になった。

なにか謀られているのではないかと疑う気も起きたが、千賀は差し出された書類にすなおに署名をしたので、昌子もおとなしく従う他なかった。

おどろいたことに、署の玄関に黒田と北浦が迎えに来ていた。

大学の学生課に頼んでもらい下げの処置をしてもらったというが、デモで指導的役割をし、うまく逃げおおせた二人がどんな顔で学校や警察との交渉にあたったのか、昌子には不思議だった。

ぼくにも責任があるからという北浦に送られて、省線から市電に乗り継いで終点駅の百済に着いた。

停留所脇の電信柱の陰から父親の定吉が不意に現れた。

「あ、おとうちゃん。びっくりしたぁ」

「なんや、どないしたんや。もう電車十台以上も待ったでえ。あんまり遅すぎるやないか……」

「あのう、江村さんのお父さんですか。ほんとうに申し訳ありません。実は、新聞の印刷に間に合わせるために、部に残って編集の仕事を手伝ってもらい、こんな時間になってしまいました。

おわびに、ぼくが代表してお宅まで送らせて頂くところでした。

ご心配かけて、まことにすみませんでした」

打ち合わせどおり嘘の口上を、標準語で淀みなく喋って頭を下げる北浦を定吉は少しも疑わなかった。

「お父さんに、ここでお目にかかれてよかったです。ぼくは寮生ですので、これから寺田町に戻って城東線の京橋から片町線の鴻池新田(こうのいけしんでん)に帰ります。終電には充分間に合いそうですので、これで失礼させていただきます」

「さよか、そら遠いとこ、すんまへんでしたなあ。おおきにご苦労はんでした」

「江村さん、夜遅くまで、どうもありがとう。それではおやすみなさい」

深々と丁寧に一礼して、街灯のまばらな夜道を足早に去っていく北浦を二人は見送った。

「えらい礼儀正しい、感じのええ学生さんやなあ。

そやけど昌子、こないに遅うなるのはあかんで。おかあちゃんが心配して心配して、どもならんかった。

帰ったら又、うるさいでえ」

両親や家族を欺きながら、大学生活のなかでの秘密は膨らんでいく一方だった。

ダイハツ飛込み事件のあと、昌子の立場は完全に左翼学生陣営の内側にとりこまれてしまった。グループの連中からはマーシャというニックネームで呼ばれるようになっていた。

たかがビラ撒きで五人もの逮捕者を出したというのは阪大北校細胞の戦術の誤りだと地

区委員会からきびしく批判されたという内輪話も北浦から明かされた。

「キミが犠牲になって、警察に名を知られてしまったこと、おおいに責任を感じてるんだ。黙秘のままだと書類送検になるというからねえ。

留置されて事が大きくなるぞと脅されて、名前を明かしてしまった。身柄を穏便に解放してもらうため仕方がなかったンだ」

「わたし、自分の考えで参加したンやから、ドジは自分の責任ですぅ。

でも、工場内に突入するとは事前に聞いてなかったし、初めてのことやし、どないしたらええのか、切羽詰ってしもて……」

「いやあ、マーシャの勇敢なのにはおどろいた。

とにかく、党の指導性について、僕はほんとに認識不足だった。徹底的に自己批判したよ。

キミについては、これから僕がぜったい責任を持つから、今度のことはほんとに勘弁して呉れよな」

「カンさん、ほんまによろしゅうおねがいします」

函館出身に因んで函のカン、黒田がつけたあだ名で昌子は北浦を気安く呼ぶようになっていた。

この日から北浦と昌子の間柄がぐんと親密になった。仲の良い兄妹だと勘違いされるほどに北浦は昌子の面倒を見た。昌子も周囲にはばかることなく、いつも北浦のあとに従って子犬のように甘えた。

北浦は昌子には聞きなれない「メンコイ」ということばを幾度となく口にした。


今夜の実力行使がどういう結果になるのか、啓太がどれほど知っているのか、昌子にはまったく見当がつかない。今は腕が痛いほど強く啓太に支えられて、無言のまま早足で歩き続けている。

啓太の体温が熱く伝わってくる。男性のからだに密着しての行進にも特別な気持ちは動かず、郁代と一緒に両側を守られている安心感が昌子の足を軽くしていた。

暗闇の中でいつの間にか丘陵のわき道に入り、ザッザッと鈍く砂利が鳴る小道を注意深く上ったり下りたりして進んだ。初夏とはいえ、深夜の山の気はひんやりと肌を湿らせる。どこを歩いているのか皆目見当がつかない。だれもが黙って荒い息を押し殺して歩いていた。絶対に悟られてはならない隠密作戦なのだ。

やがて先頭が止まったらしく、段々に耕された田圃の畦に沿って行列は静止した。

一ヶ所にかたまってみると思ったよりも少人数だった。待兼山を出た時はもっともっと大勢だと感じていたのにと不審に思いながら、昌子はさすがに疲れを感じてその場にしゃがみこんでしまった。

黒田の声が北校グループの中から低く響いてきた。

「ここで一旦小休止する。夜明けに出発して吹田操車場に入り、デモ行進による軍需列車の操車妨害を遂行する。アメリカ帝国主義を粉砕せよ！」

うおーっと地鳴りのように重く押し殺した鬨の声が足許からあがった。

「諸君、明日の成功のために充分休息してくれ」

声が消えると、みんなは思い思いに近くの草むらや、道端に座り込んだ。

昌子は田んぼ脇の土手に背をもたせて両足を伸ばした。自然に空を眺める姿勢になって夜気を思いっきり吸った。

「星がきれいだね。上を見る暇なんかなかったよなあ」

おなじ姿勢で昌子の横に寝そべった啓太がふうっと深い息をついた。

突然、胸にこみあげてくるものがあった。昌子の帰りを一睡もせず待ち続けている父と母の姿が星空をよぎった。かんにんして、こらえしょうもなく涙が流れた。

「泣くなよ、明日、生きていたら『エスポアール』で、いっしょにコーヒー飲もうぜ」

「死ぬかもしれへんの、わたしら？」

返事はなかった。草をまさぐって啓太の指が昌子の冷えた指先をさぐりあて、大きな掌のなかに握りこんだ。反射的に指を引き抜こうとし、身体をねじったら腕の中にぐいと抱えられた。周りに気付かれるのをおそれて、昌子はそのまま身じろがなかった。

「がんばろうぜ、大丈夫だ」

「私、サンドイッチも食べたい」啓太の腕を解いて身をもどした。

「うーん、腹ペコだよぉー」

あまりに悲しそうな声だったので、昌子は吹き出し、すとんと現実に戻った。

やがて啓太はかすかな寝息をたてて眠ってしまった。こんな夜に眠れる男の大胆さが羨ましかった。

耳もとに黒田のささやきを聞いた。

「おい、マーシャ。どや、大丈夫か。元気の出る注射したろか。今、看護隊といっしょに陣中見舞いってとこやけど……。ごっつい楽になるでぇ」

「注射はけっこうですぅ。大丈夫やから、おおきにありがとう」

「そうか、見かけよりタフやねんな。よっしゃ、がんばれよ」

黒田が去ると右側から郁代がささやいた。

「なんの注射やろか、ヒロポンかもしれんよ。ことわって正解やわ、きっと」

どんな明日が待ち受けているのだろうか。日暮れ前にデモに参加しないで山を降りて行った友人たちの声がよみがえる。

「あんまり無理しないでね。でも、江村さんはご立派よ、おえらいわ」

「私たちとてもそんな勇気がないのよ。ごめんね」

あの人たちとは全く違う生き方を選んでしまったという実感が切なかった。しかし自分が間違っているとはどうしても思えない。

ようやく夜空が白み始めた。もとの隊列に戻れという指令が口々に伝達された。

「いよいよ吹田操車場へ突入し、軍需列車の運行を阻害する。これからが勝負だ。学生諸君、気合を入れて出発しよう。頼んだぞォ」

先頭の方から駈けてきたリーダー風の男性が呼びかけた。それに続けてもう一人が大声をあげた。

「貨車一台をやっつけたら、わしらの同胞数百人のいのちが助かることになるどー」

いま、日本はアメリカにとって最も重要な兵站基地なのだ。実感が昌子の背中を押す。サンフランシスコ平和条約が調印され、日米安全保障条約が結ばれたけれど、日本の従属的立場はいよいよ強化され、独立国家とは名ばかり。親方日の丸が親方アメリカになったのではなさけない。敗戦と引きかえに得た、せっかくの新憲法を骨抜きにさせるものか。

マッカーサーの占領政策でアメリカの民主主義をおぼえた昌子は、さっさと軍国主義、皇国主義の迷妄から醒めた。でも、あたえられた自由と平和のユートピアへの夢はすぐにかき消された。冷たい戦争がアメリカの反共政策に火をつけたのだ。日本での赤狩りにもアメリカの差し金が明らかだった。新たな思想弾圧はイールズ声明が始まりだった。

第二次大戦後、社会主義国家と資本主義国家がそれぞれに発展し、二つの体制の世界的な対立が深刻化した。その冷たい戦争のはざまで未来にどんな理想郷が可能なのだろう。どんなに矛盾だらけの世の中でも、人間は自分なりに生き抜く道を見出して、それぞれに切り抜けてきたものだ。昌子はいま己れを試されていると思う。

学部で社会科学や政治哲学を勉強する左翼学生の隠れ教科書は『史的唯物論』上下だ。大著である。社研の仲間たちが専ら金科玉条にしている最新の本で、一九五〇年ソ同盟科学アカデミー哲学研究所から出版され、早くもその翌年には日本で訳書が出された。『史的唯物論』は難解な本だ。マルクス、レーニン、スターリンは耳学問のみで手が出せずにいた昌子にとって、それらの総括ともいえる最新最良のダイジェスト本に思えた。

ニューフェイスの昌子を仕込むのに熱心な先輩たちに助けられ、勉強会で部分的に読むことがせめてもの理論武装だった。歴史を解く鍵は唯物史観あるのみだ。

大学生活で身に付いた考え方に疑念や反論を持つことなく昌子は一途に信じていた。

粛々と山路を下りるとぐんと幅の広い道路に出た。道沿いに思いがけない大群が昌子たちの行進を迎えて手を叩き、奇声をあげている。別働隊だった。

待兼山を出発した時、急に隊列がさびしくなっていた意味が解けた。デモ隊は二つに分かれて別ルートを進み、ここで合流する予定だったらしい。

人数が倍に増えて心強くなった。

しかし、前方で足止めを食っている様子だ。ようやくデモ隊の行動をキャッチした警察が出動して進軍を阻んでいるらしい。

やがて先頭集団が太鼓を勇ましく打ち鳴らし、前進が始まった。

行く手には武装警官の隊列が横並びにデモ行進を見守っていた。学生集団は手ぶらで真直ぐ早足でその前を通過した。警棒を両手で構えたまま腕を前に垂れている警官たちが、微動もせず人形のように立ち続けている。その様子が不気味でもあり不思議でもあった。

前方と後方の朝鮮人集団は明らかに殺気立っている。竹やりをかつぐもの、火炎瓶をぶらさげているもの、棒切れや石ころを握り締めているもの、そんな武装を咎められることもない。なんの手出しも挑発もなく、操車場への進路を邪魔するものはなかった。

操車場は途方もない広さだった。連結して停車している貨車は黒々と幾重にも線路を塞いでいる。ホームのない地上で見る車体は怪物的であった。予想以上に巨大で、犯しがたい威圧感に満ちていた。デモ隊は迷路のような車列の間をジグザグと蛇行した。

朝鮮戦争即時停戦！　アメ公帰れ！　軍需品を輸送するな！

ヒトゴロシはやめろ！　アメリカ帝国主義反対！

口々にシュプレヒコールを絶叫して抗議デモをした。早朝の操車場では応えるものは足許に鳴る砂利のみだ。列車への破壊的な攻撃がなぜか始まらない。攻撃目標の軍需列車が見当たらないのだ。

発車の時間帯を狙って操車妨害するはずが、まんまとはぐらかされたらしい。一杯食わされたと黒田が歯噛みしている。鉄路沿いに三十分以上も無駄に走り回ったデモ隊は、操車場を後にして一駅先の吹田駅に向かった。

産業道路の道巾いっぱいに広がって進む隊列を除けようと、クラクションを鳴らして一台の乗用車が近づいてきた。スピードを落とし、驚いてこちらを伺いながら運転する外人の様子が一瞬見えた。

すぐ前方で「アメ公やー　進駐軍のやつじゃー」の叫びが上がり、車めがけて何かが投げつけられた。自動車は猛スピードで狂ったように走り去った。

しばらくすると今度は後ろから警官がびっしり乗り込んだトラックが学生隊の横にさしかかった。車を必死に追って来た何人かが荷台めがけて火炎瓶を投げ込んだ。昌子たちの目前でぱっと火の手が上がり、制服に燃えついて火だるまになった二人が路上に転がり落ちた。続けざまに数人がばらばらと飛び降り、もつれるように草叢に逃げた。ものすごい形相で警官に摑みかかる男の姿を見た。

「逃がすなー　殺してまえー」

その声を背中に聞きながら、昌子はその場を逃げてただ走り抜けた。恐ろしかった。警官とはいえおなじ人間同士、それが敵味方となればあんなことになってしまう。あの朝鮮の行動隊の人のように、心の底から憎しみを持てない自分はダメなのか——、そうは思いたくなかった。

警官にやられるなー　みんな武装しろー　石を拾え、棒を持てー

怒号が聞こえる。

思わず知らず道端の石を探した。すっかり拾われた後か、小石一つ目に入らない。草の上にキラリと光るものがあった。ガラスの破片だ。即座にそれを手にしていた。割れたラムネビンだ。切り口がナイフのように鋭い。えっ、これが私の武器？　まさか——なぜ、こんなものを拾い、自分を守ろうとしたのだろう。とんでもない。

昌子はなさけなくなってぽとりと捨てた。こんな場所に割れたラムネビンの口、きっと誰かが投げつけたラムネ弾の残骸にちがいなかった。

「ポリ公のピストルだぞー」

勝ち誇った男が頭上にピストルをかざして列の先頭へ全速力で走り去った。

「撃ったら、人が死ぬヤンか。ああ、ヒトゴロシの道具が絶対使われませんように——」

クリスチャンの郁代が青い顔で十字を切っている。ずっと無言で、スクラムも解いたま ま、ただ走って着かず離れずそばにいた啓太が、ぐいと不意に強い力で昌子の腕をとらえた。足が萎(な)えてふらついているのを危ぶんでくれたのだろう。

「これからどうするの、どこへいくのよ」

「吹田駅だ」

また駆け足がはじまった。暗くて長いガード下にかけこんだ。駅が行く手に見えてきたが、昌子は勢いづいた行進の速度にどうしてもついていけない。遅れるものなどおかまい無しに隊列は崩れ、「行けー」の声にてんでに、いっせいに駅のホームに突進していく。

大阪行きの電車に乗り込んで、朝の通勤客に反戦反米の示威運動の趣旨を個々に車内で訴える、さらに終点の大阪駅構内でアジ演説をぶち、最後は扇町公園で解散という段取りだ。目をひきつらせた千賀が早口でそれだけを伝え、先に走った。

昌子は疲れ果て、郁代と手を繋いでのろのろと歩くだけだった。水が飲みたかった。隊列からすっかり離れてしまった二人は、駅の外れの線路脇で作業用の水道栓をみつけてすがりついた。あった、あった、両掌に水を受け、喉を鳴らして飲み、そのまま顔を思いっきり洗った。

ようやく生気を取り戻した。すぐ駅に駆けつけようとしっかり手を繋いだ瞬間、こちらに走ってくる啓太の姿が視界に入った。声も届いた。

「来るなー　にげろー」

後方の駅に停車している電車の窓から飛び降りる人、ホームから転げ落ちてくる人、通勤客もデモ隊員も区別のつかない人たちが逃げ惑っている。

「駅でポリ公と合戦だ。あぶないぞ……。ピストルも発射されたんだ。あの電車が発車するまでは、ぜったい近付くな。そこらに隠れろ」

何かとんでもないことが始まっているのだ。思考停止のまま、次に起きる事態を予測できず、これからどうするかを決めることができない。

「服が汚れてたらあかん。一味だとバレんようにせなあかんわ」

白いブラウスの汚れを拭き、ひだスカートの草や泥を払い合った。

線路工の作業小屋のかげに潜んで駅の様子をうかがっているうちに、問題の電車がやっと発車していった。通勤ラッシュなので次々に乗客がホームを埋めていく。デモ隊らしいのがそ知らぬふりでまぎれ込んでいる。

——知った顔にも視線を合わせないことだ。改札口の近辺はまだ張り込まれているから、電車が駅についたら客が乗降する。どさくさに紛れて最後部のホームから乗り込もう——

啓太の指示をしっかり聞いた。

「よし、今だ。僕の背中を台にしてホームに上がれ。乗客の多い車両にとびこめ」

三人は線路の砂利を蹴散らかしてホームの先端に走り、昌子、郁代の順に啓太の背を踏みプラットホームに上がり、啓太を引っぱりあげて満員の後部車両に身をねじ込んだ。

警官たちの姿は見当たらなかった。いつもと変わらない、すし詰めの通勤列車だった。

大阪駅に着いた三人の前に、待ち合わせをしていた友達のように自然な様子でキャップが現れた。

「おう、無事でよかった。先の連中は危なかったでぇ」

何食わぬ顔で小さく呟き、昌子と郁代には早く帰れと言い、啓太には駅構内に残るように命じた。二人は通学定期ですんなりと改札口を出たが、阪大細胞のメンバーには未だ役目があった。無賃乗車のデモ隊の連中を無事に駅から脱出させるため、入場券を買って配るのだという。改札の外で黒田と千賀に会い、事情を聞いた。大勢の人の流れの中では彼らの挙動不審など少しも目立たない。ここでポリに捕まる心配はなさそうだが、昌子は啓太の姿をもう一度確かめたかった。

エスポワールでコーヒーをいっしょに飲む約束はいつ果たされるのだろう。

どんな顔で家に帰れば良いのだろう。思いあぐねてもどうにもならぬ、言い訳の言葉もむなしいだけだ。やけくそ半分に玄関の重い戸を引き「ただいま」と声をかけた。

開け放した茶の間では、大きな丸い座卓を囲んで家族全員が昼餉の最中だった。

一番弟子の縫子の清さんが大声を出した。

「わっ、昌子ちゃん、ようおかえり」

他は息を呑んで、昌子を見、定吉と多可の顔色をうかがっている。

「ご心配かけてしもて、すんませんでした」

返事がなかった。父親の定吉は黙って箸を運び昌子を見ようともしない。母親の多可はおろおろと涙目で昌子を見つめ、茶碗を手から落としてしまっている。清さんは皆を急かすようにさっさと食べ終え、流し元に立った。職人の巌さん、ぼんさんの鉄ちゃん二人は「ごっつおーさんでした」と、そそくさと二階の仕事場へ駆け上がってしまった。妹弟子の直ちゃんもあわてて清さんを手伝い、やがて一緒に二階へ姿を消した。

誰も居なくなると多可がたまりかねたように口を切った。

「えらいことをしてくれたなあ。昨夜(ゆんべ)の騒ぎ、ラジオが朝からやかましいで」

「…………」

「郁代さんとこへ泊まってくるやなんて、うそ言うて。

デモは阪大からはじまったいうやんか」

「この……ど阿呆(あほ)が……何を血迷うとるんじゃ。目えさましてよう考えてみい。

反米や反戦やて、しよーむないことぬかすな。アメリカさんのお蔭で、お前みたいな女
子が帝大にさえ行けるようになったんじゃ。

わしかて、戦争はかなわん。そやけど、今度は米軍の特需のおかげで、うちらみたいな
工場も息できてる。昔から『寄らば大樹の陰』いうやろ、頭冷やさんか、昌子」

多可が口をはさんだ。

「おとうさん、昌子ら学生さんの気持ち、あんまり純粋すぎて……正義心が強うて……。

わたしはわかってやりたい、そやけどやり方がアカン、間違うてますなあ」

「甘いこというな、おまえもアホじゃ。わしかてアホやった。甘やかしすぎて、学校で
よう出来るのを喜んで、ほめそやしてからに、こんな世間知らずのど阿呆にしてしもた。

ほんまに恥ずかしい。世間様へ顔向けでけんわい」

「知らん顔しまひょ。昌子がそんな学生やないって、みんなが思うてくれてますよ」

「二階の連中はみな感付いてるやないか」

「家族ですもん、皆ようわかってくれてます。私ら親子のこと、どないに心配してくれてることか。健一かて学校から帰ってきたら、姉ちゃんのこと怒りますやろ。そんでも秘密はみんなで守れますわ。それしかありまへん」

「なさけないのう。どもならんのう……。めし、食わせたれや」

猫背をいっそうまるくして定吉が階段を上がっていった。

涙ばかりが噴出してくる。まだ何も考えることが出来なかった。

「おかあちゃん。ほんまにごめん。すまんけど、今は寝かせてもらいます」

「そうしい、そうしい、それがいちばん」

多可は奥の暗い六畳間にさっさと蒲団を敷いてくれたあと、仏壇の前に座って手を合わせた。

「なむまいだぁ、なむまいだぁ……」と唱える母親のくぐもった声を子守唄にして、昌子は深い眠りに落ちた。

「ねえちゃん、起きやぁ。晩御飯やでぇ。死んでもたんかあ」

健一にゆさぶられて気がついた。ああ、家に帰っていたのだ。みんなと食卓に付くのがこわかった。夕食はもう終る寸前だった。「おさきに」と順に使用人たちが立ち、このあと、仕事場ではいつもどおり夜なべが続くようだ。

水屋の上でラジオがやかましくニュースを報じている。両親も弟もだまって聞き耳を立てていた。一緒に聞くのはいたたまらないが、事件の渦中にありながら、自分のしでかしたことが何であったのかわからない。昌子は真相を知りたかった。

ゆうべは夜通し何処をどう進んでいるのか皆目わからず、ただ歩いたり走ったり、先導されるまま闇の中を行進しただけだ。明け方に吹田操車場に整然と入り、列車の間を駆け回っただけの示威運動だった。大方の参加者にはそんな覚えしかないはずだ。

吹田駅での警官隊との衝突、これも警察の一斉襲撃がなかったら、一般乗客を巻き込んだ乱闘はおこらなかっただろう。確かに朝鮮人の怒りのエネルギーは凄かった。挑発的な暴力行為も目にした。けれどピストルを大衆の中で乱射する必要は本当にあったのかしらと昌子は無念な気持ちでニュースを聞いていた。五月の血のメーデーで死者が出たのも大衆行動にあわてた警察のやりすぎだとも思う。

なおもラジオは大阪府下でのあちこちで開催された反戦集会での騒ぎを報じ続けた。

小競り合いは三十数ヶ所に起きたというが、昌子たちの場合は特に吹田事件として大きな騒乱扱いだ。

自分たちが神出鬼没の山越え隊と名付けられ、そのゲリラ戦術に警察が翻弄されたというのを苦笑して聞いた。大会後、別働隊が石橋駅に押しかけて人民電車を走らせ、警察隊を右往左往させ、違う道筋をたどって山越え隊に合流したことも初めて知った。

昌子と郁代は難なく逃れたが、大阪駅ではあの後また警官たちとの乱闘があり、十数人の逮捕者や怪我人が出たという。啓太や黒田は大丈夫なのだろうか。

枚方(ひらかた)旧陸軍砲兵工廠での時限爆弾の爆発もあった。こちらは枚方事件と呼ばれて報道されている。そこでも逮捕者が出た様子だが詳しいことはわからない。


翌日はいつも通りに登校した。午前中は民法と憲法の講座に、そ知らぬ顔で出席した。集中してノートをとり、講義を真剣に聞いた。世間から遠い、心地よい安全地帯なのだ。教授たちは先夜の騒動について一切触れなかった。ごく一部の左翼学生と外部からの煽動的な組織が首謀したとみて、ややこしい立場にならぬよう敢えて無視しているのだろうと千賀が憶測していた。

キャンパス内の坂で法制史の本田教授と出会った。ゼミでの昌子を気に入ってくれている教授が足を止めて

「おいおい、江村嬢、元気良すぎまっせ。おとなしゅうしてなはれや」と茶化して親指を立て、しかめっ面で「ほんまにメエーでっせ」という。

進歩派教授と目されている先生の優しいメッセージが嬉しかった。

「はい、本気で勉強します。せんせ、よろしくおねがいします」と頭を下げた。

「いやいや江村さん、女子学生はね、いまのうちに早くいい相手を見つけて結婚するのが一番。これが最高の就職ですぞ」

そばから政治学の村山教授がにやりと付け加えた。おなじ進歩派の教授だ。

「えっ、村山先生ともあろうお方のお言葉とは思えません」

ふくれ面で抗議する昌子の肩を叩いて
「きみィ、いまにわかるさ。ね、そうでしょう。本田さんよ」

二人は笑いあいながら昌子を後にし、研究室の方に足を速めていった。

池のそばの芝生のうえに陣取ったリベラリスト・グループの女子学生たちが、さかんに手を振っている。

「昌子サーン、こっちこっち」

弁当をひろげてのお喋り大会だ。事件の話題で持ちきりなのだ。

当の昌子よりずっと、この連中の方がその後の事情に通じていた。

――理学部のSくん、ほらあのハンサムさん、気の毒やわ。ピストルで撃たれて貫通銃創ですって。工学部の秀才、Tくん、枚方のほうの実行犯容疑でつかまってるよ。

――昌子さんたちも危険やね。なんせ、参加者と分かったら手当たり次第に逮捕らしい。

――面目丸つぶれにされたからね、警察はカンカンなのよ。

――でも、大学には治外法権があるから、だいじょうぶやわ。

私服やスパイなんか、私らがきっちり見張ってるし……待兼山は教養学部と文学部と法経学部だけやから、みんなよう覚えてる。外からの人はすぐばれるわ。

――ほんまに、ここはユニバーシティというよりカレッジ並のキャンパスやもん。まだ、なんとなく大高・浪高の旧制気分が抜けない感じよね、顔見知りばっかりだわ。

――でもまあ、阪大北校からは逮捕者が一人も出なくて、ほんまに良かったやないの。

あかるくて屈託のない仲間たちに囲まれていると、じっさい学校の中では守られているような安心感があった。

午後の講座を済ませたら社研の部室に集まるようにと、千賀から聞いていた。

黒田と啓太が待ち受けていた。

「よう、ぶじでよかったなあ。こないだはご苦労さん」

黒田がすっと腕をのばして握手を求めた。昌子も自然にそれにこたえた。

「ご両親はだいじょうぶか。ショックだったろうね。今度はうそが通らなくなったなあ。これからの対策なんだけど、君は潜ったほうが安全だ。まだ入党の許可がされていない立場だけれど、この際、党の方針に従ったほうがオルグに守られると思うよ」

「カンは新聞部の責任者として、君の面倒を一切引き受けたいというんだ。アジトの心当たりもあるし、ご家族への説得も自分にさせてくれというから、どうやろ。カンのことだから、なんとかしてくれるよ。ぼくのようにごっつい人間は、いかにもアカという感じで嫌われるやろ。優男（やさおとこ）のカンなら大丈夫や」

「潜るって、徳球（とっきゅう）さんや野坂さんみたいに姿を消すの？　まさかでしょ」

「いや、通学はできるよ。ただ、家には帰れないんだ。君の場合、ダイハツのときに住所氏名がばれてるからね。参加容疑でパクられる恐れが無きにしも非ずだ。念のため、しばらくは帰宅せずにアジト暮らしをすればいい」

「ぼくにまかせてくれるかい」啓太が話を引き取った。

これから昌子の自宅を訪ねるという啓太と学校を出た。阿倍野に向かう途中ですべてを打ち合わせた。両親との話し合いは啓太に任せ、昌子はどこかで彼を待つ段取りをしなければならない。

啓太に、阿倍野の駅前の旭町通りにあるマルニ紳士服店のことを話した。学校帰りに時々店の手伝いをして可愛がられている親類の店だ。吹田事件をニュースで知っても、まさか昌子が関わったとは思っていないはずだが、叔父叔母夫婦は満州がえりの苦労人で多少のことには驚かないだろう。二人は力を貸してくれるにちがいない。

阪大新聞会員として取材していたのが、つい血気に逸(はや)って事件の渦中にはまってしまったと、昌子は小さな嘘をつくことにした。啓太を案内してマルニへ寄った。

運良く居合わせた叔父叔母に、啓太は予行演習のとおり事の次第を話した。自分は新聞部の部長として重大な責任がありますと謝り、しばらくは警察の目をそらし、昌子の身の安全を計るため、自宅を離れて秘密の住所から通学することを了解してもらった。

そのうえ連絡所としてマルニを用い、夫婦にレポの役を頼みたいという勝手なねがいも、叔父叔母はこころよく引き受けてくれた。飛田へ通う男たちの往来でにぎわうこの商店街はまたとない目くらまし場所だった。

ここでの大成功に力を得て啓太はひとりで昌子の家に向かった。

彼を待つ間に、菊叔母は昌子に当座の持ち物と金銭の用意もしてくれた。後で必要なものは家からここに届けてもらい、啓太が運び屋になるだろう。

戻ってきた啓太は「マルニのお二人が理解してくださったおかげで、昌子さんの御両親にもなんとか承知してもらえました。ありがとうございました。あとは、ぼくをどうか信じてください」と礼を言い、その足で今度は昌子を案内してアジトへ向かった。

片町線沿いの田舎町、鴻池新田に目当ての堀井家があるという。主（あるじ）は東大阪の一隅で小さな町工場を経営しているが、自宅は明治の頃から続く古民家で、近所の阪大鴻池寮に住む学生たちから堀井のオッちゃんと呼ばれ、親しい間柄なのだ。とりわけて啓太は堀井夫妻のお気に入りの寮生らしい。

鴻池新田への道すがら、昌子は杭全（くまた）町の両親がどんな様子だったかを聞いた。

「へえ、さよか……昌子がお尋ね者でっか。お縄頂戴して前科者になるんやったら、いっそ死んでしもうたほうがよろしおま。あんさんにお任せしますわ」

定吉はやけくそを言い放ち、ピクピクと唇をゆがめていたという。

「もう、あの娘（こ）には会えませんのやろか」

多可は蒼白になり、ふらふらと隣の仏間に倒れこみ、畳に這いつくばって号泣したという。

「あんな泣き声聞いたことがなかったよ。ぼくは母無し子で育ったから、おふくろさんが、幼いぼくを残して死ぬことにどれだけ泣いたか、なんてことよりも、自分の母恋いの悲しみばかりを追っていたんだなあ。やっと気付かされたよ。

二階からお針子さんがだだーっと駆け下りてきて、

『昌子さんに言うて下さい。なんちゅう親不孝者や、このままやったら先生はほんまの気狂いになってしまいはるわ』ってものすごい形相でにらみつけられたよ。

『なんぼ私かて、昌子さんの代わりは勤まりません』だと」

清子の怒りが胸に応えた。だまりこんでしまった昌子に啓太がぽつりと言った。

「ぼくね……。マーシャのおかあさんに本気で親孝行するよ」

「そうかて、カンさんのおかあちゃんじゃないわ」

「そうなってもらいたいんだ。いつかきっとだ。いまは無理さ」

「ようわかれへん、そんなこと」と首も手も横にふりながら、胸中はキュンとなる。

「マーシャをお嫁に貰えばそうなるだろうよ」こともなげに言って昌子の手を取った。

「おちょくらんといてください」

「なんて言ったの？　おちょく……??」

「からかうのはやめて、いうこと。うちは色が黒うて、やせっぽちで、おへちゃで、何の取り柄もない女やと思てるのに……。

カンさんのこと大好きやけど、うちは妹みたいなつもりですねん。

まさか、お嫁さんやなんて、冗談言われてるみたい」

「おいちょっと待ってくれよ。自分のことをそんなふうに粗末にいうのは止せ。

ぼくは、ほんとにマーシャがめんこい。どんどんめんこくなって、困るほどだ。淀屋橋の『エスポアール』でコーヒーおごって、中之島公園へ誘ってロマンチックに告白するつもりだったんだぜ。こんな切羽詰った事態なんて予想もしなかったさ。

でも、こうなったら覚悟がきまった。

ぼくはマーシャを守る、そして育てる、どうなってもだ。

マーシャに気のある連中がけっこういるんだぜ。でも君の可能性をぼくほど認めている者はいないはずだよ。マーシャは自分のことがよく分かっていないんだね」

まさかここまで思っていてくれるなんて、昌子に、例の夜の小休止の時のことが甦った。これまで、自分にとっての恋愛とか結婚とかは絵空事にしか考えられなかった。大学では大勢の男子学生に囲まれて、男女の性差を超えた友情の存在を信じ、実感していた。兄のように慕っていたカンへの気持ちはその友情とは微妙に違ってはいた。妹のように可愛がってくれる人に恋に似た感じを覚えることを、自分に禁じていたのかもしれない。不器量のコンプレックスも大きかった。

そんな呪縛が突然ほどけた。昌子の喜びが爆発した。

「わたし、嬉しい。ほんまに、どう言うて良えのやら……わからないけど、うちかてカンさんが大好き……一生懸命付いていきます。どこまででも」

「そうか、いいぞぉ。勇気百倍だ、がんばるぞぉ。今のぼくはキミのリーダーとして主導権を握ってる。だけど間違ってくれるなよ。キミとボクは人間として対等だ。黙って従いてこい、じゃないんだよ。マーシャは自分の考えをしっかり持って、はっきり主張してくれよ。ぼくらは、これからの時代の、新しい男と女の関係をもとめて、理想の結婚にチャレンジするんだ。めそめそ、びくびくは禁物だぜ。

マーシャは笑っているときが一番きれいだよ。君の笑顔がぼくの元気のもとなんだ。ほんとに君はぼくに無いものをたくさん持っているよね。片親育ちのぼくにはバランスに欠けるところがあるって、聡いキミにはきっと見抜かれてるはずさ。

関西の風土の滋養をたっぷり吸い込んでキミは育った。陽気で愛嬌があって誰の懐をも開かせる。勘が良いし、賭けに出る度胸もある。マーシャは生粋の大阪娘だよ。

道産子のぼくは、キミの支えが欲しいんだ。

こちらこそよろしく頼むよ。ほんまにたのみまっせーだ」

車中でも路上でも啓太は人目をはばからず情熱的に話し続けた。

逃避行の始まりだというのに、愛に満たされて、昌子はなんの怖じ気もなく啓太に並んで闊歩していた。

啓太に先ず案内されたのは木造二階建てのおんぼろ宿舎、阪大鴻池寮だった。しんと静まった人気のない廊下を足音を忍ばせて歩いた。床板がきしんで鳴った。この古い男子寮に、女子学生が足を踏み入れることなど前代未聞かもしれない。

カンは用心深く自分の部屋に昌子を招じ入れた。

十二畳ほどの大部屋を四つに仕切って住み分けている。個々の空間は、張り巡らした針金に洗濯バサミで留めたぼろシーツやよれよれのカーテンで仕切られてあった。

本棚代わりに空の林檎の木箱が積み重ねられ、ようやく視界がさえぎられていたが、声は筒抜け、覗き見も楽々の個室だ。散らかり放題の床にすき間を作ってここで待てという。

堀井家に行って話をつけてくるからと啓太は昌子を置いて出て行った。

隣に人の気配があった。こちらを窺う緊張がひびいてくる。坐り机の上に無造作に積まれた本や、書きかけの原稿用紙に気をひかれるが手を出さず、身じろぎも控えてじっとしていた。やがて隣人が出て行った。

しばらくするとぼろ布の間から顔が出た。クマさんだった。

「なーんだ、マーシャくんか。おぬし、なかなかやるのう、わっはっは」

熊本出身だからクマ。新聞会の名物男のひとりだ。ここの寮長で副長のカンと一緒に寮生を仕切っている。

「森のやつ、泡食ってご注進ときたもんだ。なんせ、キミはわが鴻池寮・一番乗りの女性客だぜ。寮規ではまだ女人禁制のはずだ。風紀を乱す恐れありでな。

マーシャとカンのことなら、ま、兄を訪ねてきた妹ということで目を瞑ってもらおう。夕飯まだだろう。森よ、まかないのおばちゃんに頼んで握りめしを作ってもらえ。何、カンの分だといえばいい」

見かけと違って、優しい気配りの人なのだ。新聞会ではさほど親しく話せなかったが、啓太からは相棒のクマさんの侍ぶりをよく聞いていた。

カンは弘前高校、クマは熊本高校、いずれも旧制の流れ者だ。片や北海道出身、片や九州出身ゆえに、蝦夷の末裔だ、熊襲の末裔だと張り合いながらも、仲良く鴻池寮を親分顔で牛耳っているという噂だ。

啓太の侠気は祖父ゆずりらしい。カンの父は北浦家の娘の婿として迎えられた養子だ。真面目で実直な人柄を見込まれて婿入りしたが、当の娘は二人の幼子を残して亡くなった。

北浦の家を継いだ父親は堅実そのものの雑貨卸業を創業し、手堅い商いを続けている。早死にした母の実父、啓太の祖父嘉吉は土木建築の請負業で荒っぽい人足たちを思うままに動かし、火消し「カ組」の組頭としても働いたという豪儀な親分肌の男だったという。

小説家志望の啓太の話だからいくらかの粉飾もあるだろうと聞いていたが、実際、親分の血は充分啓太に受け継がれているようだ。啓太によると、相方のクマさんは熊本藩のれっきとした士族の流れだという。

クマさんが現れて、大声で話したり笑ったりして大丈夫かなと案じるまもなく、それを合図のように子分とおぼしい面々が集まってきた。いつもの例でやってきたのが、そこにいる昌子の姿に一瞬啞然とし、あとは黙々とぼろ布カーテンを取り払い、めいめいに座を占めて、クマと昌子を囲んだ。

クマさんは、初めての女客については「しーっ」と口外を禁じた。昌子の存在を無視したように、賑やかな放談がはじまった。

吹田事件の武勇伝を語る者は無かった。だれも参加していないのだ。パルタイがいないはずはないのに。待兼山キャンパスとは何かが違うのを感じながら、昌子は黙って聞き入っていた。

この部屋はまるで特別な解放区のようで、気楽な自由な空気が充満していた。今の共産党の武装闘争へのきびしい批判も出た。ただのノンポリ学生たちではないようだ。

新聞会のパルタイは全員がいわゆる国際派。

しかし現在、指導的立場で毛沢東路線に則った五全協の軍事方針で組織を動かしているのは主流派（所感派）なのだ、と寮生たちは内部の事情にくわしい。

党は決して一枚岩ではなかったのだ。

啓太の立場はどうなのか昌子にはよくわからなかった。

親友のクマ、ヤク、シカ、新聞会の大物たちは全く動かなかった。唯一の例外が枚方事件で挙げられたポンさんだ。党の軍事方針に乗せられた犠牲者だとみんなが彼を惜しんだ。あれほどの秀才がこんな馬鹿なことで一生をふいにするなんて、と歯ぎしりする寮生は同じ工学部だ。

「先輩は語学の天才で英・独・仏・露の原書を楽に読みこなすんです。専門の冶金学どころか工学全般、国内外の政治、経済に通じていて、大変な論客ですよ。学生の域を超えた存在ですわ。

特に軍事には格別の知識があって、仲間内ではポンさんを軍事評論家と呼んでますよ。我らが親分たちも、ポンさんの博識にはとてもとてもかないませんよ」

「そのとおり。阪大新聞会のユニークな自治的運営の存続は、まさにポンという知恵袋の存在にかかっているんだ。ポンの居ない新聞会なんて在り得ないぞ」

「だいたい、戦略戦術理論に精通している名将があんなアホな破壊工作に手を貸すなんて考えられるか。でっちあげか、国際派憎しの主流派にはめられたのとちがうのか」

「枚方の旧陸軍砲兵工廠言うたら極秘で小松製作所が払い下げを請ける話をすすめてる

とか、すでに旧工場の一部で武器生産してるらしいとか、聞いたことがありますわ」

「そうか、キミら工学部の校舎かて、もともとは砲兵工廠のもんやろ。とにかく工廠の敷地と来たらどでかい。あそこの有効利用に小松が目をつけるのは流石やぞ」

「軍需工場がまた今度はアメリカさんのための軍需品製造で儲けようというのは許せませんよ。朝鮮の人らにしたら、そこを攻めるという戦術になりますわなあ」

「それも一理ですけど、大阪城の裏手、あそここそ大阪砲兵廠の本拠ですぞ。敗戦の前日に空襲で全滅。もう手のつけようのない大廃墟、あの焼け跡をどないするんや。城東線の窓から見るたびに、つくづく戦争はゴメンや思わずにいられませんよ。ところが、社研の黒田さんの話では、あそこは宝の山やそうです。真っ黒けの焼け跡に夜な夜な出没してクズ鉄ひろう人らがおって、アパッチ族と呼ばれてるんですわ。朝鮮特需のおかげで良い値で売れて、クズでボロもうけ。アパッチの大方が朝鮮の人やて、なんや悲しい話でしょう」

森が差し入れてくれた握り飯と麦茶がありがたかった。昌子はゆっくり黙々と飲み食いしながら話の外にいた。そこへ啓太が帰ってきた。

「おう、なんだい、諸君。クマさんも来てたのか。これじゃバレバレだな」

「カン先輩、いまさら、水臭いこと言わんで下さい。みんな、誓って味方ですよ」

「ダンケ・シェーン。こちらは江村昌子さん、阪大新聞会唯一の女性記者であります。今度のことで鴻池に逃げてもらいました。何も知らずに参加して、騒動の一味にされてはたまらん。幸い、民族資本家の堀井さんが匿（かくま）ってくれる事になったので、やれやれです。みんな、どうかよろしくたのむよ。ぼくのメンコちゃんを守ってくれ、お願いだ」

啓太は伸びた前髪をしきりに掻き上げながら頭を下げた。

「よーっしゃ、よっしゃ。引き受けたぞ。いいぞ、ご両人、しっかりやれー」

クマさんが応援団長のような身振りで、音無しの手拍子を打って送り出してくれた。

これから始まるアジトの暮らしにおびえながら昌子は啓太の腕にすがって歩いた。

「ちょうどよかったよ。いつになくオッちゃんが早く帰ってきてね。オバちゃんと二人に話を聞いてもらうことができたんだ。

すぐ連れて来いと引き受けてくれたから、これで万事ＯＫだ。

吹田のことも、キミがぼくの恋人だということも白状してあるから、マーシャはマーシャらしく自然体でいろよ」

　堀井家は門塀を構えた平屋で、どっしりと明治の豪屋の風格を保っていた。前栽（せんざい）の間を縫って先に立った啓太がガラガラと玄関の戸を引いた。

「おう、カンちゃんか。上がって来いや」

　声のする部屋のドアを押して、啓太が昌子を手招いた。おそるおそる身を入れると、そこは洋風の応接間で、夫妻はこちら向きにそれぞれ大きな安楽椅子に、ゆったりと坐って笑顔で二人を迎えてくれた。

「江村昌子と申します。この度は大変ご無理なお願いをお聞き届けくださってほんとうにありがとうございます。厚かましいことで申し訳ありませんけど、ご厄介になりますので、どうぞよろしくお頼み申します」

　ふかぶかと頭を下げる昌子をオッちゃんは磊落に制した。

「あはは、そんなきっちりした挨拶はいらん、いらん。事情はカンちゃんからよう聞いた。遠慮無しに好きなだけ居なはれ。な、ユキコはん」

　名を呼ばれたオバちゃんも大きくうなずいた。オッちゃんはいいとしても、啓太がこの令夫人をオバちゃん呼ばわりするのは傍若無人だと、美しい由紀子夫人に昌子の目が釘付けになった。

「あのね、五人も子供がいるのよ。なんやかやと、うるさい家やから辛抱してね。わたし、今は洋裁学校の開設準備でいそがしくて、家のことは放ったらかしなんですよ。通いの賄いさんと住み込みの小間使いのねえやにまかせてますの。いろいろご不自由かけると思うけど、こちらこそよろしくね」

エキゾチックな顔立ちでモダンな都会風の由紀子令夫人は、今や大流行の洋裁学園長としてぴったり。この大きな古屋敷でくすぶっているのはもったいない女性だ。オッちゃんはこの人の美貌と才気に惚れ抜いているという噂はもっともだな、などと昌子は堀井家の居候になることに、はやくも好奇心をふくらませていた。

「美人のオバちゃんとブ男のオッちゃんのラブロマンス。聞くも涙の物語なんだぞ。いつか、ぼくが書くことになってるんだ」

「そや、カンちゃん。はよ小説家になって、わしらのことで文名を世に轟かせてくれよ」

啓太が辞したあと、昌子は女中部屋に案内され、ねえやと蒲団を並べて寝た。そこが居場所に決められていた。

翌日から夏休みまでは学校に通う生活を続けた。七月二日には第二次の一斉検挙があった。学外では大勢の逮捕者が出た。

活動分子（アクティブ）の金田が食堂の隅で昌子の耳もとに囁いたことばが胸に刺さった。

「いよいよになったらな、日本海側のある浜から密航船が出てるさかい、中国でも北鮮でも行けるンや。山村工作隊に入る手もあるけどな、ぼくは北朝鮮へ帰るわ、きっと」

日本名の彼が半島の人だったのかと気が付いた。在日の人を見分けることにうといのは、朝鮮人と日本人がほとんど隔てなく共生していた大阪の町工場に育ったせいなのだ。

けれど、今度の日朝共闘作戦の渦中では、皮肉なことに民族の違いというものを切実に感じた。立場の違う国に所属することから生まれる対立、果ては戦争にいたる極限の悲劇を、どうしたら回避できるのだろう。

とりわけ朝鮮戦争は所詮、強大国の代理戦争ではないか。半島を分けてのおなじ朝鮮人の同士討ちとは悲しすぎる成行きだ。

数日後、金田の姿が消えた。彼と一緒に恋人の日本人女子学生が脱出したという。他大学の彼女の話がパルタイの中に密かに美談として伝播された。

彼と彼女にとっての理想の社会主義国家、たった四年前に出来たばかりの新生国、朝鮮民主主義人民共和国とはどんな国なのだろう。そこでの幸せとは何だろうか。

私の祖国は日本。今はどうであれ、他に帰るところなどないのだと昌子は強く思う。

北海道の函館と、本州の大阪がおなじ日本でよかった。

しかし、北海道人は本州を内地と呼び、本州人は彼の地を蝦夷地、流刑地またはせいぜい開拓地としてしか認識していない。

いまになっても、関西人の北海道についての認識不足はひどいものだ。

昌子と啓太が惹かれ合うのは、おたがいの文化圏の違いを越えて、未知に触れ、通じることを喜ぶ、強い好奇心のせいかもしれない。愛の冒険は何処まで続くのだろう。

夏休み中、学生運動はしばらく鳴りを潜めていた。

それでもなお、啓太は内灘の米軍試射場拡大反対のため、はるばる出かけて行った。町民と一体になった反対デモの烈しい揉み合いの現場に郁代がいて、びっくりしたと無事に帰った彼が話した。

あの郁代が正真正銘のパルタイの女闘士になったのかと驚かされた。彼女の恋人らしい関大の男子学生が一緒だったと、啓太が明かした。

昌子はせっせと新聞会に顔を出した。啓太がいつも待っていた。

部室は島之内の学生会館にあった。大学本部の事務局や学生部が同居する三階建ての古いビルだ。この辺りは江戸初期の豪商・淀屋常安（じょうあん）が開発したので常安町と呼ばれてきた。このビルも通称は常安会館とよばれている。近くの土佐堀川には常安橋が架かっている。昌子はこの一帯が大好きなのだ。

常安会館のコンクリートの階段を登りつめると屋上に出る。そこの一角に下駄を履かせたようなバラック小屋が建っている。大学経営の心臓部を司るビルの天辺にあって、お粗末ながら天守閣然と中之島を睥睨（へいげい）しているわれらが阪大新聞会の拠点。

会員の貧乏侍たちが肩をいからして市内八方に散在する全学部から集まってくる本陣だ。

学内では一般に新聞部と呼ばれているが、大学からはなんら資金援助を受けず、独立採算で全阪大学生を網羅する学生新聞を発行している。

いわゆる大学の御用新聞では断じてないという自負があり、敢えて正式の名称は「大阪大学新聞会」を名乗っているのだと力説する主力メンバーは旧制の七人の侍たちだ。

運営の総大将がポンさん。その大将が囚(とら)われの身になって新聞会はかつてない危機的状況に陥っていた。

動けないから暇である。クマ・ヤク・シカ・カン・タケ・ニシは常連、加えて昌子ほか新制からの数人があつまって連日のように編集会議兼放談会を開き、休み明けの発行を期していた。

記事を書き溜めるもの、金策に走るもの、てんでに部室を出て行くが、帰りはお定まりのどぶろく居酒屋「つたや」に戻ってくる飲兵衛たちで二次会となる。

飲めない酒や煙草もおしえられ、昌子はマスコットのように可愛がられた。

鴻池に帰るときはカンと一緒だ。初めてのベーゼは酒臭かった。

深夜、女中部屋に直結している裏口の鍵をそっとまわし、寝息をたてているねえやのハナをうかがいながら布団に潜り込む。

ハナと一緒に起きて朝食の支度を手伝う。堀井家の家族が揃うわけでない。起きた順に台所に現れる子供たちが、牛乳とパンだけの食事を済ませて、さっさと自分たちの部屋に戻ってしまう。

男の子ふたりは昌子に口をきくこともない。高一の長女が後で英語教えてということがある。中二の次女は男並にだんまりで、太い眉をひそめて昌子をにらむことがある。小学生の三女だけが無邪気にまつわりついてくれる。

オッちゃんとオバちゃんは中庭をへだてた離れ屋敷に住んでいる。居候になって以来まだお目にかかった事がないのだ。

ハナは台所の片付け、掃除、洗濯と、母屋を駆けずり回って汗だくで働いている。昌子も見かねて手伝わずにいられなくなる。

ハナはアイロン掛けが一番の苦手という。昌子にはお手の物だと引き受けた。これがなかなかの重労働なのだ。助かる、助かる、と仕事部屋に乾いて溜まっていた洗濯物を、ハナはつぎつぎと運びこんできた。

シーツ・ワイシャツ・ブラウス・スカート・ワンピース・ズボン・蒲団カバー、テーブルかけ、大物小物の山を一点一点かたづけていく。クリーニング屋並の重労働だ。

朝食後から昼食時まで立ちんぼで、腰が痛くなる、腕がしびれる、おまけに熱くてたまらない。一宿一飯の恩義に報いるためとはいえ、この手伝いは骨身にこたえた。

ハナだけにしか知ってもらえないご奉公だった。

賄いのおばさんがつくった昼食をありがたく頂き、堀井家を出る。カンと一緒のときはおとなしい柴犬が、玄関先の犬小屋から飛び出してきて吠え立てる。鎖がなかったら噛み付かれるにちがいない。犬好きの昌子なのに何でやろと、なにやら情けなく、みじめになる。

そんな日常が十日ほど続いた。

長期滞在はまだ危ない、居場所を変えろという指令があったらしい。

「こんどはシカさんが引き受けてくれたよ。とにかく、『あやめ池』に移動だ。オッちゃんとオバちゃんには後でぼくが礼を言うから大丈夫だ。要らなくなった物は別に包んで運ぼう。

途中の鶴橋駅でおかあちゃんに会えるぞ、四時の約束なんだ。マルニのオバちゃんが連絡してくれたんだ」

守り、支えてくれる人たちの優しさが身に沁みる。みんなに応えるためには何ができるのだろう。お母ちゃんはきっと泣くだろう。

実を言えば、啓太に愛され、兄貴分の学生たちに可愛がられ、つらいことなんか無いのだ。けれども、向こう見ずな行為が招いた家族泣かせの罪が重くのしかかる。

自分をどれほど責めても取り返しは付かないだろう。

省線鶴橋駅の改札口を出ると、清子が飛びついてきた。

「昌子ちゃん、こっちや、ほれ、先生」

摑んだ手をぐいぐい引っぱって、ガード下の多可にぶつけるように昌子の体を預けた。

「昌子、元気でよかった。みなさんに大事にしてもろてるんやね。顔色もええなあ」

「おかあちゃんの方が心配や。なんや、やせたみたい」

「あたりまえですやんか。せんせは食も細うなって、私ら心配でたまりませんわ。

北浦さん、一体いつになったら昌子ちゃんを家へ帰してくれはりますねん」

えらい剣幕の清子を、啓太が宥めてくれた。

「いや、もうちょっとの辛抱ですよ。夏休みがあけたら、きっと大丈夫です。ぼくが保証します。行く先は明かせませんが、普通以上に立派なご家庭に助けてもらっていますから、ぜったい大丈夫ですよ」

「あなたさんにはほんまにお世話をかけますなあ。昌子のことどうぞよろしゅう頼みます。これ、何やかや入ってるから持っておゆき。身体だけは大事にな」

木綿の風呂敷包みを昌子に持たせて、多可と清子は天王寺行きの電車で去っていった。

「早よ、帰って来てや。大将さんもお気の毒やわ。見る影ありませんでぇ」

清子の声が耳に残っている。

「会えて良かったな。奈良線のホームでシカさんが待ってるはずだ。どら、荷物よこせ」

鶴橋駅は近鉄奈良線と省線の乗換駅である。あやめ池の駅は生駒トンネルを越えた先だ。駅の正面に遊園地がお客を待ち受けている。幼い頃、昌子が両親に連れられて遊んだ大人気の夢の国。まさかそこに行けるなんて、思いがけない成行きにほっと気持ちが緩んだ。

目ざといシカがすぐ二人を見つけてくれた。

「おう」

「よおー、よろしくたのむ」

あうんの呼吸で荷物と昌子をシカに委(ゆだ)ねて、啓太はさっさと踵を返し去っていった。

すぐに電車がホームに着き、昌子はシカに背を押されて乗車した。

運良く空席に並んで座れた。こんなふうに近々とシカに接したことはなかった。

「なんだか、とんでもないことでご迷惑をかけてすみません。私、どないしたらええのやら……」

「心配いらんよ。実はね、キミは覚えていないだろうが、ボク、昔から知ってるんだキミのこと……」

「えっ、ほんまですか」

「ほんまや」

と視線を遠く車窓のそとに遊ばせてほほえんでいる。

天然パーマの短い髪、日焼けした健康そうな顔、少し厚めだが形良く引き締まった唇。

その横顔に記憶を起こす手がかりが何一つない。

「昔からって、疎開先の伊勢の頃じゃないでしょ。その前の大阪？　まさか、深江小学校……かな」

「うむ、キミは野村ひとし、おぼえてないか。あの鉄工所の」

「ええ、妙ちゃんのお兄さん。妙ちゃんは同じクラスで仲良しやったけど、ひとしさんはこわかった。二つ上で、あの辺のガキ大将で」

「そのひとしと同じクラスだったんだ。ボクは東京からの転校生だったけど、彼とは気があってね。君は知らんだろうが、同じ分団で一緒に行列して登下校していたんだぜ。キミはお転婆でおしゃまで、けっこう威張ったもんだったよ」

ぱっと灯りがともったように一つの情景が甦った。模型飛行機の名人という子の家である。妙ちゃんに誘われて覗きに行った。――兄ちゃんがいつもその子に教えてもろてる。あいつは天才やいうてる――という、その子を見に行った。

町工場の密集地を抜けると、周辺は沼地を埋め立てた空地だらけで、文化住宅と呼ばれる棟割の新しい家がぽつりぽつりと建っていた。その一軒にその子がいた。

妙ちゃんが「飛行機見せてんか」と玄関に入ると、すぐの間に机があった。天井からは日の丸を翼に描いた、プロペラの大きい模型飛行機が幾つも吊り下げてあった。

火の付いたローソクにひごを焙って曲げている男の子は返事もせず真剣な横顔のままだった。家の中は薄暗くて他にだれもいない。淋しそうやなと思った。

男の子は飛行機つくりに熱中していて相手にしてくれなかった。妙ちゃんは「あとで公園で飛ばして見せてや」と言って、すぐ戸外へ走り出してしまった。


「あの、模型飛行機の名人……」

ふふっと笑った眼がうれしそうに昌子の眼をとらえた。

「やっぱり。だから今も工学部の人なんやね。こんなふうに会えるなんて、なにやらよっぽどの因縁やわ」

「ひとしは焼夷弾の直撃くらって死んだよ」

「へえっ、ホンマ、うちはすぐ疎開したから、皆どうなったのか知らんかった……」

戦後に戻った大阪での新しい生活は過去のどこにも繋がらず、ゼロから再スタートしていた。昌子は自分の少女期を知っている人との思わぬめぐり合いに感動していた。見ず知らずの稲川家に連れて行かれる不安と緊張が急にほぐれた。

シカとの距離がぐんと縮まった。

稲川？　たしか少年の頃は山崎君だったのに、何故……。思い出を手繰る昌子に
「ちょっと寄り道しませんか。ぜひ、キミに引き合わせたい絶世の美女がすぐそこに居るんですよ。ボクは彼女に恋してるんだ」

シカがいたずらっぽくウインクした。

西大寺（さいだいじ）の駅まで乗り過ごして、案内されたのは秋篠寺（あきしのでら）だった。

薄墨色の瓦を重ねた雄大な屋根の反りが夕空に美しい稜線を描いている。荘厳な本堂の安らかで穏やかなたたずまいに、すべての思い煩いを浄化する気を全身にあびる気がした。

深閑とした木立に戻ってきた鳥たちの羽音や鳴き声が吸い込まれていく。

戸締りを始めていた堂守りの老人がシカに声をかけた。

「おかえりやす、稲川の坊（ぼん）。お連れさん、拝観なさるのですやろ。どうぞ、どうぞ」

西からの残光がわずかに射し込む堂内に入ると、昌子を見下ろして立つ眼前の仏像に戦慄を感じた。老人が点じてくれた裸電球の明かりが、頭頂にたっぷりと巻き上げた垂髪を朱色に照らし出した。

丸顔のふくよかな頬に微笑がある。少し開きかけのくちびるに残ったわずかな紅色が蠱惑的でさえあった。ふとりじしの肩から胸、二の腕から指先まで、まろやかに曲線を描く女身である。

み仏であることを忘れ、昌子はこの豊満な天平美人との対面に圧倒されてしまった。軽やかに羽織った天衣の下にあらわな胸のふくらみ、ししおきの豊かな下腹部、ひねった腰のなまめき、調和の取れた肢体のいずれをとっても優しく美しい。どこまでも魅惑的な女人像である。

「どう、凄いだろ。ボクの恋人はどんなもんじゃ」シカがふざけてみせた。

「仏さんという気がせえへん。何やけったいな気持ちになるわ。あんまり綺麗すぎて、お色気たっぷりで、好かん」

「何だ、案外しょんべんくさいことというやつだな。このありがたさが分からんうちは一人前とは言えんぞ。それとも、焼き餅とちがうか……あはは」

いつの間にか幼なじみのような気安さで喋っていた。

ニコニコと見守っていた堂守りの老人が、和やかな声でうながした。

「おふたりさん、ええかげんバチ当たらんうちに、おローソクあげて、きちんとお参りやす」

ナウマク　マケイシバラヤ　オン　シマイシキャヤ　ソワカ、と唱える呪文を教わった。シバ神の髪の生え際から生まれた天女・技芸天は田畑の豊作、人生の幸せ、家庭の裕福を願うものを満足させ、学問や芸術への願望を成就してくださるという。

理詰めで味気ない無神論者よりも、土俗の神々に祈りを捧げ、願いをゆだねる素朴な信者のほうが人間らしいのではないか。そんな気がして昌子は素直に手を合わせ、祈った。

昌子を置いて堂外にいたシカが、「そろそろ行こうか」と戻ってきた。

あやめ池遊園地の背後にあるシカの家に向って、寺の境内の広い疎林を抜け、田んぼの畦道ほどの小路を辿った。黒い大きな影になった生駒山に向って歩きながら、これから何が起きるのか胸をどきつかせて、足の速いシカの背中を追った。

「これ、プレゼントだ。あの技芸天のお守り。新聞の原稿もきっと上手く書けるぜ」

手渡すとまた向きを返して歩きながら

「昌子ちゃん、ボクの家にいる間は少しのんびりしろよ。會津八一の歌集でも読んでみればいい。声に出して朗誦するといいぞオー」

そんなどころじゃないのだが、日頃、豪放磊落なシカの意外な優しさが嬉しかった。

「言っておくけど、おふくろは居ない、ずうっと子供の頃からね。山崎というのは母方の姓で内妻だったんだ。親父が稲川、今は東京に赴任中で、ほとんど留守だよ。おふくろがわりの伯母たち二人とボクだけだから、のんきな家だよ」

まばらに人家が並ぶ閑静な通りに出た。薮かげに数寄屋造りの平屋がひっそりと建っていた。隠れ家にもってこいの風情だった。

開いた裏口から風呂の焚き口にしゃがんでいる小母さんの背に「ただいま」と声をかけた。土間の流しに立っていたもう一人が「おかえり」と迎えて、うしろの昌子に眼を丸くした。シカは平気な顔で啓太の彼女をしばらく預かってくれ、事情は聞くなと横柄だ。

昌子があわてて挨拶すると——よう、お越し。ご飯もできてます、お風呂もどうぞ——にこやかなシカの伯母たちだった。

界隈の物音や人声のない静まり返った午前中、シカは不在の父親の書斎で読書三昧、昌子は客間の座敷机で勉強の遅れを取り戻そうとノート整理に集中した。大阪のせせこましい下町で、喧騒のなかに育った昌子はこんな暮らしが初めてだった。

野良仕事が大好きな伯母たちは日がな一日、裏の畑で働き、野菜の自給自足が自慢だ。昼食に戻ってきて一緒に食事をするのだが、昌子は匂いのきついホウレン草・葱・玉葱・人参・トマトなどが大嫌いで箸がすすまない。

「昌子さん、何でも、もっとおあがり。召し上がらんと、そんなお痩せさんではあきません。この先、ヤヤさんが授かりませんでぇ」

「図星だ、そのとおり。ボクの好(す)うちゃんはふっくらむっちりだぜ。ね、キミ」

秋篠の天女をおもい、首をたてに振って応じた昌子に伯母さんたちがあわて気味だ。

「へえっ、こぼんちゃんに、そんなお人が居はるて……初耳ですわ」

奈良の暮らしは、家族、学校、友達、啓太のこと、昌子の悩みのすべてを癒してくれる。シカの家はオアシスだった。しかし安穏はすぐに破れた。


一週間ほど経った日の午後、何時ものように会った啓太から伊丹米軍基地への同行を頼まれた。いそいそと従ったが、着いた先は基地拡大の反対運動の拠点、空港の金網すれすれに建てられたバラックの反戦小屋だ。

周囲はいくつものゴミの山で埋まっている。近辺のクズ集めを業にしている朝鮮の人たちの拠点でもある。くず鉄・紙屑・木屑などを仕分けて、資金繰りの種にする仕事を兼ねて小屋の作業場で働いているのは皆朝鮮人だ。

プラカード・貼り紙、アジビラ作りに学生たちが協力している。黒田と千賀の顔もあった。金網越しに滑走路を往来する軍用機の姿があり、爆音が耳を劈(つんざ)く。

ありったけのボリュームで叫ぶ拡声器の「……はんたーい……はんたーい」のスローガンの声が空しい。

人手不足の外仕事を昌子と啓太が手伝った。炎天下の重労働だ。

力自慢の啓太は朝鮮の男たちに負けずに働くが、昌子は紙屑の整理さえへとへとだ。おまけに男たちの汗とニンニクの体臭に失神寸前の気分を耐えなければならない。昼食の朝鮮料理はまったく喉に通らない。

虚弱な昌子を見かねて、大将の高さんが
「なんぞ、この子の食えるもん出してやれ、おばちゃんよ」

「へえへえ、うどんがええな、これならうまいよ」

冷えたうどん玉に砂糖をどさっとかけて差し出した。見ただけでダメだった。

「おおきに」というのが精一杯で表に駈けて出た。草むらにしゃがんで吐いた。なにもでない。胃の中は空なのだ、苦しくて涙ばかりが出た。

追ってきた啓太に「どうしたどうした」と背中をさすられると、つい本音が出た。

「辛抱でけへん、気色が悪いの、おなか痛いし、胸もしんどい、もう死にそう」

立ち上がれないのを背負って、啓太は医者に連れて行きますと高大将にことわり、小屋を離れた。

異変を知らせるために石橋駅からマルニへ啓太が公衆電話をかけている間、昌子はホームのベンチで痛む腹を押さえて待った。

「とにかく、医者の手配を頼んだよ。阿倍野まで行けばなんとかなる」

細面に似ず四肢のがっちりした啓太は力持ちだった。

昌子が軽くて助かるといいながら、抱いたり負ぶったり啓太は汗だくで介抱し、ようやく天王寺駅に辿り付いた。改札口にきょろきょろと多可が清子に支えられて待ち受けていた。

マルニのオバちゃんが懇意の医者に頼んでくれて一切を承知してもらったという。とにかくそこへ急いだ。オバちゃんが石川外科医院の看板の前で手招きしていた。

「あれっ、外科の先生ですか？」

「急な腹痛は盲腸にまちがいない。手遅れになったらえらいこっちゃ。先生はここら一の名医やし、顔役や。何でも助けてくれはる」

せきたてて古臭い医院の玄関に皆を押しこんだ。

待合室に患者の姿はなく診察はすぐだった。六十がらみの先生が念入りに問診したあと、丁寧に聴診と触診をして、「慢性盲腸炎と過労ですな」と診断した。

即刻入院、翌日に手術となって、昌子の入院生活が続いた。

多可は病院に泊り込んで付き添い、病気の心配よりも娘がそばに居る安心でみるみる元気を取り戻した。近くのマルニの台所を借りて調理し、昌子の好きな卵や牛肉の料理をせっせと食べさせ、滋養、滋養と体力をつけるのに懸命だった。

無理をさせたと平謝りした啓太は毎日顔をみせた。

心配顔のシカも黒田もと、次々に男の学生の見舞いが多いのに面食らいながら、多可は
「昌子の婿選びに不自由はないいな。わてなら、黒田さんがええわ」

などの冗談さえ言えるようになった。

「カンさん、もう、昌子はどこにもやりません。家に帰ってもよろしやろ。これからは、家族みんなで守りますよって」

夏休みが明けて昌子は自宅からの通学生活に戻った。病後の昌子を啓太がいたわり、あまりに優しくするので、かくれもない恋人同士と目されるようになった。

キャンパスでは、パルタイの連中の様子が妙な感じになっていた。アクティブの浅井が「ねえ、マーシャ、やっぱり、キミってカンと結婚する気かい？　止めた方が良いよ。危ないよ。ボクは賛成じゃないよ」という。

危ないって？　貴方たちもずいぶん危ないことと一緒にやってきたじゃない。運命共同体のように危険を共にした同志でしょ。腹の底に疑問が渦巻いた。

啓太が同志から危ない男といわれるのはなぜか、親友の黒田に疑問をぶっつけた。

「ま、これはキミのことを思っての忠告やけど、カンは恋人としてはまずいよ。今はそ

れしか言えんけど」とはぐらかして「キミのためや、気悪うするなよ」にやにやと言う。

まさか恋愛沙汰が中傷の原因ではあるまい。吹田事件の以前には入党を熱心に勧めた黒田も千賀も、まるで忘れたかのように口にしなくなった。

党内の事情があやしい。何かの対立が起きているのではと昌子の勘が働く。

以前から新聞会を国際派の巣だという非難があった。武装闘争に与しない反党分子だと目されていた会員もいる。

カンは国際派に共感しているかもしれないが、党の指令には背かず実践活動をした。何が悪いのだろう。たしかにカンは武装闘争に反対の意見を口にした。疑念も隠さなかった。

世論から批判の多い今回の事件は破防法の成立に上手く利用されたではないか。

下部党員たちの意見や判断力を無視して強行した上層部には、今、なにか混乱が起きているのだろうか。

査問・反党分子・スパイなど、お互いを責め、暴きあう奇妙なことばが飛び交っている。

どうしてこんな不信感がみんなを支配してしまったのだろう。自分が入党しなかった偶然をラッキーだったとさえおもう。啓太もみんなの気配にうんざりしている様子だ。

盲腸の手術は親たちが仕組んだ苦肉の秘策だったのか。環境の急変と過度の心労でダウンした娘を助けたい、取り戻したい一心で医者ぐるみでついた〈大嘘〉か。

今となってはありがたかった。切腹の傷痕は親の恩愛、また自戒の刻印として一生残り続けるだろう。

親に帰した昌子を、今度は堂々と貰いにいくよと啓太はいう。

そのためには、卒業と就職の目鼻をつけなければならない。二人の勉強に火が付いた。

啓太は勉強と情事を両立させた。ふたりのランデブーには図書館がおあつらえ向きだった。放課後は中之島図書館に、満員で行列の時には桜ノ宮の「泉布觀(せんぷかん)」に行く。泉布觀は明治時代に造幣局の応接所として建てられた洋館だが、昔の面影をやっと保ちながら図書館別館の役目を果たしていた。

傷んだベランダの回廊から銀色の桜ノ宮橋を臨むうちに読書の疲れがすうっと遠のく。昌子はこのコロニアルスタイルの洋館が大好きなのだ。閉館まで読書に粘った後は銀橋に向ってぶらぶらと散歩する。大川端の堤防は草茫々の荒地だが、人に踏み分けられた小路を辿って格好の場所をみつけて草の褥(しとね)で愛し合う。

草の上に坐った啓太に抱かれてキスの雨を浴びるのが精一杯の愛撫だった。昌子もぎこちないお返しをする。子供じみたペッティングだけの日々が続いた。

おしゃまはレッテルだけのおぼこい昌子を相手に、啓太は気長にゆっくりと性の喜びを教え込むのを楽しんでいるようだった。小説で読んだような荒々しい乱暴な求め方は何一つしなかった。

ランデブーの夜は、宝物を愛(いと)しむように昌子を慎重に扱い、その子供っぽい恥じらいと恐れのベールを一枚一枚はがして、性の快感を教え、愛撫の範囲をゆっくりと広げていった。図書館のある中之島公園一帯はアベック銀座、川端の植え込みはランデブーのメッカだった。若い男女が遠慮無しに睦み合えるのは夜の公園しかなかった。

河に沿って長く続く公園の中を端から端まで、肩を抱き、手を繋ぎ合って幾組ものアベックが歩き回り陣取りのように格好のかくれ場を見つけて愛し合う。そんな中でステディに、啓太の愛撫はヘビィになっていった。

ボクはこんなに我慢してるんだよ、昌子の手をそれに触れさせ、自分の手を添えて、啓太は自分を慰めた。暗がりの中でしかと見えないものの、固さと熱さにおののきながら男の喘ぎを聞き、手に粘液の噴射を浴びたとき、昌子は自分の秘所があやしく応じるのを感じた。

日を追って愛撫はどこまでも深まった。それでも一番大切な儀式は結婚の日まで大切にとっておこうと、啓太は昌子の処女を犯さなかった。

年の暮れに啓太は杭全町の家にやってきた。

昌子さんをボクにくださいという単刀直入な申し込みだった。疾うに二人の仲を気付いていた親たちだ。娘を瑕物にされて捨てられはしないかと、内心はらはらしていた向きもある。

「学生はんの身で、海のものとも山のものとも知れんうちから、結婚とは早すぎるやおまへんか。おまけに北海道のお人とあっては、失礼ながら氏素性も知れませんがな」

色よい返事など聞けるわけもない。

「ボクは正月休みに函館に帰って、うちの親にも昌子さんのことを打ち明けます。

それに、来年春には早々に東京に向うつもりでいます。卒業までに就職先を見つけて、向こうで暮らしたいのです。

大阪ではボクのような物書き志望の人間は食えません。卒業の目処はついていますから、就職さえ決まればこちらには、ほとんど来られなくなるでしょう。

一時、別れ別れになるのです。そうなる前に、昌子さんとはきちんと婚約したいのです。何とかお聞き入れ願えませんか」

「あかん、言うたらどないなります」

「また家出しますわ」あっけらかんと昌子が宣言した。

「どもならんわ」「好きにしなはれ」

やけくその両親が負け、泣く泣くの受諾だった。それでもきちんと筋を通した申し込みにはほっとしたようだった。啓太が去った後、

「あいつの標準語が気に入らんのう。なんやら気取って、水臭い。肩が凝ったわい」

「わたしは、カンさんが女たらしで、昌子が苦労するかと心配やったけど、一途な人でよかった。貴方(あんた)はんより、よっぽどましやおまへんか」

「ねえちゃん、ぼくらを捨てて、東京へ逃げていくんか。ぼくはカンさんを一生恨むで」

健一が昌子を涙目でにらみつけた。

まもなく高校生になる弟は急に大人びて、背丈も姉を抜いた。小さい時から仕事持ちの母親より昌子にまつわりついて育った姉ちゃん子だ。

「女はいつかお嫁に行くもんや。こらえなあかんよ。好きな人と一緒になれるのは幸せなこっちゃ。良う勉強してお前が偉(えろ)うなってカンさんを見返しておやり」

「そや、健一は男じゃ。姉ちゃんは勉強したかてクソにもならんかった。お前が大学へ上がって、昌子の親不孝の仇とってくれ」

「ほんまに、ごめん。どれだけ謝っても足らんけど、堪忍してください。うちは、きっと幸せになって、みんなに喜んでもらえるように頑張るから……」

昌子は泣くばかりだった。

年が明け、その後の日々は学習に暮れた。無事卒業を目指してなにがなんでも単位だけは取らなくちゃと、がむしゃらに勉強した。

現行法は苦手だが試験については得意といえるほど、難なくこなした。専門の法制史ゼミでは、おそまきながら学問のおもしろさを覚えはじめた。

教室に根を下ろし、教授の膝許で学生として勉学することの意義を知った。

唯物史観だけをものさしにして社会の歴史的推移をはかり、狭義の社会主義を一本槍にして世の矛盾に立ち向かっていた己の視野の浅薄さを思い知らされた。

卒業のためのレポートのテーマをようやく見付けた。

「幕末日本における仏法（フランス）と英米法の及ぼした影響」を考えることだった。

明治維新という革命的な変革の背景にあった国外情勢、旧勢力の幕府方と、革新勢力としての倒幕派、両者の背後に在った西欧諸国の力とその影響を法制史的な視点で捉える、という大きな問題に取組んだ。

現実から少し身を引いて、しっかり本を読む必要があった。詩や小説等とは別の、資料や記録、評論といった学問的な書を読む醍醐味は特別なものだった。

本田教授が昌子の勉強振りをよろこんで、キミは学者にならないか、大学に残りたまえなどと言ってくれる。

啓太も自分のテーマに打ち込んでいた。経済学部だが、こちらは日本経済史の宮本又次教授に私淑している。教授の実証的な研究の魅力に取り付かれていた。

休み中、函館市立図書館に通い詰めて「開港前夜の諸外国との交易状況」を調べるために古文書と首っ引きで取り組んだ。

似たもの同士なのか、お互いが同じ時代の日本を考えている。勉強の話でもお互いの歴史観が通じ合うので拍車がかかった。

キャンパスに戻ると啓太の立場は最悪だった。党内の事情はどうなってしまったのか、相変らずの疑心、猜疑（さいぎ）が横行し、だれが敵やら味方やら。同志として信じ合ってきた人間関係がまったく崩壊していた。スパイ呼ばわりでの査問がえんえんと続いている。

党に絶望した啓太は呼び出しにも応じない。さっさと待兼山を降りて、中之島へ逃げる。

行先は図書館か新聞部だ。追いかけるように昌子も下る。

淀屋橋の欄干にもたれて、川面に行き交うボートや、もやいの屋形船を見下ろしながら、啓太は深い溜め息のような呟きを漏らした。

「ボクは大阪が大好きなんだ。宮本ゼミで調べれば調べるほど、大阪はおもしろい。函館との関係だってそうだ。

だけど、大阪の共産党にはもう、我慢できない。あいそがつきた。こんなに人間不信に追い込まれるなんて……。東京へ一日も早く行きたい。

会えなくなるけど、キミだけを信じてる。マー公もボクを信じてくれよ」

いつのまにかマーシャとは呼ばなくなっていた。アカ嫌いのシカさんが「しゃらくせー、マーシャなんて、ロシア人でもあるめえ、マー公のほうがましじゃ」そのマー公になっていた。

夏休みが明けた時から啓太の姿は完全に消えた。二度と待兼山には現れなかった。

卒業式には啓太と自分の二枚の卒業証書を貰うことができた。

昌子には卒業の喜びよりも、やっと啓太に会える嬉しさのほうが上だった。友人たちにも結婚することを白状した。

早々と小さな出版社に就職した啓太からのラブレターが引き出し一杯に溜まった。

最後の一通には、下宿を出て、高円寺のそば屋の二階に昌子と暮らす部屋を借りたとあり、手書きのくわしい地図が同封されていた。

一週間ほどで出発となった。その前夜はやっぱり湿っぽく更けた。

夕飯には一家が勢ぞろいした。だれも酒は飲めないが、多可が赤玉ポートワインの栓を抜いた。一本の甘いワインで赤い顔になったみんなが、清子の音頭でおめでとうさんです、ばんざーいと祝ってくれた。

「あとは水入らずでお別れを惜しんでくださいや」

いつも通りに気を利かす清子に従ってみんなが座を外した。

「箱根の関(せき)から向こうには絶対やらん、承知せん言うてたのに、やっぱり姉ちゃんの言うなりになってしもた」

健一が愚痴ると、定吉が
「なんぼ言われても親は弱い、子には負けるんじゃ」

「函館の人と結婚いうても、北海道へいくわけやおまへんがな。東京やったら会えまっせ。一生懸命お金貯めて行かんならん」多可はいつも前向きだ。

「母親は強いのう」

「あちらのご両親かてお気の毒ですがな。長男が小説家志望やなんて無茶言うて……」

「わしには昌子の苦労が目に見えてる。いよいよとなったら首くくる前に帰ってこいや」

「わては明日の見送りにはよういかんわ。汽車の別れは辛うてかなわん。わてが大泣きしたら昌子もたまらんやろ。朝が早いこっちゃ、さっさと寝て、寝て」

東京では狭い間借りの仮所帯だから嫁入り道具など一切ない。行李一つを鉄道便で送ってある。身一つの旅立ちだ。

茶の間に残った多可が箪笥から紫縮緬の小風呂敷の包みを取り出した。

「これ持っておゆき」

妙にぎこちなく押し出したのを開けると、白鞘の短刀と桐箱だった。刀は初めてだが、箱の中身には覚えがある。とっくに盗み読んだことのある浮世絵草紙だ。

多可自身が実家を出るとき母親に持たされ、後生大事にしてきたものだろう。

「もう、なんでもわかってるよ。心配せんでもええわ」

気の毒を承知で邪険にことわった。

「そやったなあ。いまどき、こんな古臭いこと。嫁入り前のしきたりや思うて」

照れ笑いする母親に、昌子はくすくすしながら畳に手をついた。

「ほんま、どもならん不良で悪うございました。かんにんな」

翌朝、家の玄関でみんなと別れを惜しんだあと、父と弟と一緒に大阪駅へ向かった。

もうしばらく会えないと思うとたまらない悲しみに襲われた。最低の薄情者だと自分を責めて歩いた。

東海道線での旅は初めてだった。三等列車を待つ行列の先頭から、健一が一番乗りで車内に入った。すばやく窓際の席を占め、

「ねえちゃん、こっち、こっちや」と昌子を坐らせ、次々に乗り込んでくる客を、

「すんません、すんません」と掻き分けて出て行った。

背の低い定吉が子供のように窓にしがみついて顔を寄せ、

「達者でな、こんな痩せ腕ではあかん。しっかり食べて、がんばれや」

父の力が腕に痛かった。

ぎりぎりに駆けつけた汗だくのシカさんの顔があった。

「カンによろしく。うんと可愛がってもらえや。ボクもあとから追いかけるよ」

「ねえちゃん、さいなら――がんばれ！」汽車が動きだした。

健一が万歳をしたままの両手を大きく振っている。三人の姿が涙でかすんでしまった。

大阪とのお別れだ。車窓から見る見る去っていく線路沿いの、煤けてごちゃごちゃの家並みの風景を、しっかりと眼に焼き付けた。

昌子はバッグの中から取り出した啓太の最後のラブレターを読み返した。

「お前を愛してる、愛してる。東京は大丈夫だぞ」

末尾に乱暴な字が太々と躍っている。これだけがお守りだった。

おとうと

昌子のおとうとの健一は子供の頃、三度も怪体な目にあっている。両親はこの子の先が思いやられて不安だったと、後々まで語り草にしていた。

いずれもが戦争中の疎開先での小さな受難の話である。

住居に窮して村中を転々と移り住まねばならなかったのが、やっと農家の養蚕小屋の半分を借りて暮らしていた時のことだ。

夜になると布団を並べて寝ている部屋の鴨居をねずみが走り回り、それを狙ってしくじった青大将が天井からどたりと落ちてくることさえあった。父親の定吉は枕元にステッキを置いて眠った。子供たちの悲鳴を聞くと、侍のようにすばやく起きて闖入者たちを追い払うのだった。

そんな或る夜、ぎゃっと叫んだ健一が鼻を押さえて泣き出した。母親の多可が手探りで電燈のスイッチをひねった。おとうとの指の間から血が流れている。

昌子は「どないしたんや、どないした」とおろおろするだけだった。

いたーい、いたーいと泣くのを抱いて定吉があわてる。

「ありゃ、こらひどいわ。ねずみが鼻をかじりおった」

多可は台所に走り、水と焼酎を持ってきて
「消毒や消毒や、ねずみの毒がはいったらえらいこっちゃ」と綿花を浸して傷を洗った。

鋭く細い歯が深く入ったのか血が止まるのに時間がかかった。

「きっと傷痕(あと)は残らへんよ。そのうち綺麗に治るわ。男前の健ちゃんが鼻ぺちゃになったらえらいことや。もう大事ない、大事ないよ」

母親に優しくなだめられて、健一が静かになった。

「こいつ、どうせ腹をすかしてなんぞ食いよったな。いも飴か、カボチャか、口のまわりに引っ付けたまま寝たのやろ」

「神さんはえらい罰あてはるなあ、かわいそうに。もう寝しなに、いやしんぼしたらあきまへんで」

両親のやり取りを聞きながら、――可哀そうやけど、ねずみに鼻齧(かじ)られたなんて聞いたことないわ。かっこう悪うて誰にも言われへん――と昌子はくすりとして健一を見た。

鼻の頭に赤チンを塗りたくられた弟は、姉にべろを出してにやにやしている。

七つも年下で、来年は村の小学校に上がる健一が昌子にはたまらなく可愛いかった。

健一が小学校一年生になると、昌子は遠い町の県立女学校の一年生になった。一里の道を駅まで自転車で走り、軽便鉄道で町まで一時間の通学だから、弟と一緒に過ごす時間はほとんど無くなってしまった。

健一は疎開暮らしを少しも苦にせず、のびのびと自然の中で野生児のように育っていった。田舎ではほとんど仕事の無い紳士服職人の定吉は、百姓の真似事をしたり、川で鮎釣りを楽しんだり、入会（いりあい）の山で栗やきのこや山菜を採って一家の食料係をしていた。まるで子供に帰ったように、何でも遊びごとのようにこなすので、健一はその手伝いを面白がって父親の傍を離れなかった。

お寺の住職のはからいで、多可は村の青年学校の女子部に洋裁を教えていた。僅かな収入でも一家にはありがたいもので、定吉は「うちのヨメはんはえらいもんじゃ」と多可を褒（ほ）めそやすのだった。

小学校の高等部の裁縫室が教場なので、健一は運動場から教室の窓枠に飛びつき、敷居にしがみついて頭を出し「お母ちゃん、腹へったあー」と叫ぶ。

生徒達が笑うので、多可も恥ずかしさを笑ってごまかし、放ったらかしの健一が不憫（ふびん）で、

「戸棚におイモさんが入ってるから、おあがり。お姉ちゃんの分はとっとくのやで」と叫び返す。そんなことを母親から聞いていた。

女学校から帰って腹ペコの昌子は、ちゃんと戸棚に残されているさつまいもを頬ばる度に、健ちゃんはやさしいなあ、私やったら辛抱できんと食べてしまうかもしれんのにと思う。

健一は小学一年の作文にこんなことを書いた。

――「いもばっかし食うてるから、屁がよう出よる。かなんわ」と、ぼくが言うと、おとうさんが「おケツの穴に棒突っ込んで、よう栓をしとけ」とおっしゃいました。――

多可が仰天した。

「おとうさん、こんなこと書かれてますで、子供にアホな冗談いうて……。ほんまにもう、知らんわ。どないしよう、学校で先生のお顔を見られしませんわ」

「かなわんな、あいつは。正直にもほどがあるワイ」と、父親はてれかくしに額をぴたぴたと叩いて苦笑していた。

その後まもなく、健一の作文が毎日小学生新聞に掲載されて学校で評判になり、一家の名誉回復に大いに役立った。

「池ざらい」という題で、村中総出で古池の水を干し、底のドロを浚(さら)えて大掃除をする行事の有様を書いていた。大人も子供も泥んこになって這いずり回り、鯉や鮒(ふな)や亀をつかみ取りする様子がありありと描かれて、都会の人の知らない、のどかな暮らしの楽しさが溢れていた。

昌子の作文は先生に褒められたことなどなかった。ふだんの生活をすこしもやつさずに書いてしまう弟に特別なところがあるのを感じた。


健一が小学三年生、昌子が女学校四年生の夏休みのことだ。戦争に負けてから二年たったが食糧難はひどくなるばかりで、その日も両親は近隣の村へ買出しに出かけていった。お金は無いから物々交換だ。

「これでもう売れるもんはおしまい」

「今日こそ米の飯をくわせてやりたいのお」

妻の着物や自分の背広などを包んだ一反風呂敷を担いだ定吉と、大阪の闇市でうまくやっている知合いが融通してくれた石鹼や電気のソケットを、リュックいっぱいに詰め込んだ多可とが並んでいくのを見送ってから、二人は親の言いつけどおり水汲みの仕事をはじめた。台所の水がめと土間の五右衛門風呂に水を満たすのが留守番の役目なのだ。

裏木戸の脇にある井戸は田圃（たんぼ）に通じる小道に面していた。野良帰りの人たちが立ち寄って、水を飲んだり、顔や手足を洗ったり、野菜の泥を落としたりして共同に使われているので、井戸端に人気(ひとけ)がない間にさっさと水を運ばなければならなかった。

いたずら好きの健一が井戸枠から身を乗り出して落ちないように厳しく注意しながら、昌子は釣瓶(つるべ)の扱いを弟に根気良く教えた。

梁(はり)の下の滑車に掛けた綱の両端に一つずつ釣瓶が結わえ付けてある。片方の釣瓶を水面まで静かにぽしゃりと落とし、手応えを確かめながら綱をしゃくって釣瓶に水をすくう。たっぷり入ったのを重みで感じると、綱を持ち替えて空の釣瓶の方を繰り下げ、井戸から上がってくる水の入った釣瓶をたぐりよせてバケツにざあっと注ぐ。

二つの釣瓶を交互に上げ下げしながら汲み上げる業(わざ)を健一は器用にこなすので、バケツの水運びもうまくはかどる。昌子の方が追われて汗だくになった。

水道の蛇口からいつでも水がほとばしり出るのが当たり前だったあの大阪の家での暮らしが夢のようだ。赤ん坊だった健一がなんの覚えもないことをかえって良かったと思えてくる。

「健ちゃん、ひと休みしょう」

なにげなく顔を上げた昌子は、井戸の屋根の端からちょろりと消えたものを見た。

「ヘビや、ヘビが居(お)る。健ちゃん、屋根の上、気ぃ付けや」

弟は聞くが早いか、腰掛代わりの木箱を踏み台にして、屋根のひさしに飛びついた。

そのとたん、ぐうえっと声にならぬ声を上げて落ち、地面に這いつくばって手足をばたつかせた。

「助けてくれぇーねえちゃん。ヘビがウンコかけよったあー気色わるぅ」

健一の坊主頭になにやらどろりと緑白の液汁が粘りついている。

「待ッとり、じいっとして、目ぇつぶって……」

昌子は滑車をきしませて釣瓶を繰り上げ、頭から水をかぶせた。井戸端に落ちていた縄切れを丸めて粘液を擦(こす)り取った。ざぶざぶと水を掛けては地肌が赤くなるほど坊主頭をこすった。

「もうええ、痛いからやめてくれぇ」と健一がべそをかくまで洗った。

「ぼく、なんでこんな目えにあうのやろ。あの冷たいもんが……ああ……気色わるうて、どもならん、どないしょう」

手拭で拭いてやり、頭を撫でてやりながら、もし噛まれていたら毒が回って命に関わるようなことにもなったかもしれない。ウンコでよかった。が、健一の運の悪さをどうにかしてやりたいと昌子は真剣に思い巡らした。

「ヘビは水の神さんや、龍神さんやで、ここの井戸の守り神さんかもしれへん。大師池の弁天島にもお使いの蛇神さんが住んではるらしいよ。あとで弁天堂へおまいりに行こか。

憑き物を落としてもろて、龍神さんにお守りしてもらわなあかん。迷信でも何でもかまへん。手合わして拝んで、お祈りするとすうっと気持ちが良うなるものやわ」

水汲み仕事を終えた後、二人は杉木立の中の神宮寺境内を辿った。

大師池の橋の先に祀られている弁天様を最初に拝み、森の奥の氏神様に参拝してから、社脇の高い石段を登りつめて大師堂に上がる。ここでは南無大師金剛遍照を唱えて手を合わせる。

古代から伊勢水銀の産地として栄えた村の丹生神社と、空海の師・勤操が開山した女人高野の神宮寺。ここは敗戦後、人間世界から忘れ去られてしまったような神仏混交の聖域である。山中には時を超えた悠久の安らぎが満ち満ちていて、昌子には一番ありがたい場所なのだ。

寂れた大師堂の回廊に寝そべって、風化した床板のやわらかさと暖かさを背中に吸い込む。教科書を暗記する秘密の勉強場でもあることは健一にも明かしていない。

「ええ気持ちやなあ。眠とうなってきた」

厄払いのお祈りをまじめに済ませたおとうとは身を寄せて甘える。その坊主頭を撫でて

「姉ちゃんのお呪いは絶対効くからな、もう安心や。お願いの言葉を繰り返し一心不乱に念じ続けると、いつかきっと叶えてもらえるよ。叶わないときは自分の悪いところを改

めます。どうか堪忍してくださいと天に謝るのやで」

戦争に負けた後の大人たちの社会は、天地が引っくり返った騒ぎだ。国家も国民も大きく間違えたことの償いに苦しみもがいている。公の因果の報いを一手に背負わされた大衆の不満は、昌子の女学校のある小都市でさえ爆発寸前にまで高まっていた。

町でのデモやゼネストなどにまるで関係のない村の暮らしだったが、疎開者の昌子達には平安が恵まれなかった。昌子は自分の念力を本気で信じることを処世の術に決めている。


日の暮時(くれどき)に帰ってきた両親は機嫌が良かった。目当ての米が手に入って、夕飯はおじやでなく雑穀七分のごはんだった。麦や稗にへばりついている飯粒を箸でこそげて、あまい白米の旨さに眼を細くして嚙んだ。

健一がヘビにウンコをかけられた話を聞いて、多可は「おおこわ」と身を縮めたが、定吉は「そら縁起の良え話やで、運がついたぞ、早よ大阪へ引き揚げよ、いうことや」とニコニコして見せた。

「私らも今日は地獄で仏さんに逢うたみたいやった」

思いがけなく白米が手に入った経緯(いきさつ)を多可が話し始めた。

生首峠の険しい坂道を上り下りして隣村にたどり着いたが、はじめの一軒家の軒先で、二つ折れに腰の曲がった老婆が筵に何か薬草のようなものを丹念にひろげていた。井戸水を一杯汲ませてもらい、咽喉の渇きと汗がようやくおさまった。好意に甘えて、干し物が食べ物かどうかを訊ねてみた。

「これかな、芋の茎やさ。ずいきとは違うてな、甘藷の茎を茹でて干すと、ぜんまいとよう似たもんになるのさ」珍しいので、少しでも分けてもらえないかと頼み込んだ。

定吉が「なるほど良えとこに目をつけはった。何でも食えるもんだすな」と誉めそやし、多可もアクだしや料理の仕方を尋ねた。老婆もこれがわたいの自慢やでと話に乗ってくれた。

背中の荷物から背広の端布で縫った前掛けを取り出して、多可が

「これは純毛やから水をはじくし、温いし、丈夫ですよって、どうですやろ」

老婆がええもんやなあと眼を細めるので、おまけに

「九文と十文の足袋カバーもおます、腰紐も縫うてみました。これが良う締まって解けにくいのですわ」と、手製の小物を並べて見せた。

「つらいことや……つらいことやなあ。都会で楽に暮らしてござったお人が物売りの真似して気の毒に……。こんなご時世になってしもて、しんぼうばっかりやな」

しわしわに縮んだ目のやにと涙をふきふき「それ、ぜーんぶ貰うておくで」と土間の奥に入った。

「内緒やでな。早よう持ってお行き、子供らに食べさせてやっておくんな」と両手でかくすように一升ますを抱えてきて、多可の風呂敷にざあとあけてくれた。

家人の気配はなかったが多可はあわてて包み込み、おおきにおおきにと手を合わせて拝んだ。話を受けて定吉が

「わしも死んだ母親が現れてくれたのか思うた。やっぱり芯から優しい人がまだおいでる。金の亡者ばっかしやないぞ、世の中、ありがたいもんじゃ」

村での暮らしは辛くなるばかりで疎開者は次々と逃げるように大阪や名古屋に引き揚げていった。小学校に取り残された健一には友達もいなくなった。都会に戻った時に学校の勉強に付いて行けなくならないように昌子は健一に勉強を奨励した。

「学校で先生に褒められたら後が怖い、勉強なんかせんほうがましや。みんなにやっつけられるだけや」

仲間からの苛めにおとうとが精一杯耐えて、がんばっているのが不憫だった。

多可はお題目のように「艱難汝（かんなんなんじ）を玉にす」と言い「われに七難八苦を与えたまえ」といい、

「お母ちゃんはいつでも山中鹿之助の気持ちやで。どんな試練に遭うても辛抱して、負けるもんかと頑張るとどないかなるもんや。苦労せんと、人間は偉うなられへんよ」という。

三月を待ちかねて昌子は大阪へ先発した。昌子を養女に欲しがっている叔母が一日も早く上阪をとしきりに催促したからだ。昌子の成績を見込んだ叔父が、名門高校の編入試験を受ける手筈を整えてくれていた。昌子は喜び勇んで村を去った。

健一が三度目の災難に見舞われたのは昌子の居ないこの時期のことであった。

十歳になっていた健一はようやく四年生の終業式を迎えることが出来た。式の後、教室に戻って担任の先生が健一を教壇の上に招いて立たせ、これを最後に健一が大阪に帰ることになったことを皆に知らせた。通信簿をもらってから、「みなさん、ありがとうございました」と頭を下げて挨拶をし、健一は自分の席に向かった。

机の手前で右足に熱いものを感じた瞬間に激痛が走った。

わっと声が出た時、血が膝下から湧き上がってきた。うーっとしゃがみこんで懸命に両手で脚をかかえた健一の頭の上で、前の席の正夫が「カマイタチやぁー」と叫んだ。

みんなが口々にカマイタチ、カマイタチと騒ぎ立てるのを聞きながら、健一は身動きもせず痛みと恐怖に涙を流していた。

担任の先生が裁縫室の多可のもとへ走った。知らせを聞いた途端に多可は小使い室の壁にかかっている救急袋をもぎ取って健一の傍に駆けつけた。足の付け根をきつく縛って吹き出る血を止め、ぱっくり開いて白い骨が見える傷口にヨードホルムの粉をかけた。皮を引っ張り寄せるようにして絆創膏(ばんそうこう)を貼り、三角巾を折ってぐるぐるとゲートルのように巻いた。

傷を縫合する外科医など村には居ない。多可の応急処置がすべてだった。戦争中に銃後の備えとしてみっちり訓練されていた救急措置が、戦後の暮らしにも充分役に立った。多可も大抵の場合、看護婦さん代わりが出来る程度に仕込まれていた。

「あの時お母ちゃんが学校に居てくれてほんまに嬉しかった」

まだ傷痕の生々しい脚で大阪に移ってきた健一は、昌子にかまいたち事件のことを真っ先に告げた。

「姉ちゃん、カマイタチてなんやねん」

「ふむ、聞いたことはあるよ。自然現象らしいなあ、なんやようわからへんけど、空気の流れが急に変わるときに真空になる部分ができるらしいわ。そこに当たるとカミソリでというか、カマで切られたみたいな傷が出来るとか」

「ぼくの怪我はシゼンゲンショウと違うで……。先生までカマイタチやろ言いはるけど。きっと正夫や。あいつ、一番先にカマイタチやあーって言いよった。ぼく、正夫のねきを通ったとき、あいつがひゅうっと手を出しよったのを覚えてる。ナイフかカミソリでやられたのやと思うたけど、みんな正夫の子分ばっかしやから、誰にも言わんかった。

明日から、ぼくはもう学校にも来んから何してもかまわんということやろ。お母ちゃんも『だまってこらえて一日でも早よ大阪へ行こな』言うて泣きはったわ」

正夫は教頭の息子で成績も良く、学校では一目置かれて先生にちやほやされている生徒だった。いたずらを仕掛ける張本人だが、いつも陰に回ってずるがしこく煽動する性質だと昌子も嫌いな子だった。

「ならぬ堪忍するが堪忍やったなあ」と定吉は多可ふうに呟いたが、健一は「ぼくはこのこと一生忘れへん」と唇を噛んでいた。

カマイタチの痕は健一の膝下に横一文字の一生傷となって残された。

成人した健一は土木工学の一級建築士として大手の建築会社に勤めた後、四十代で小さな設計会社を経営する身となった。盆休みには墓参りと避暑を兼ねて村を訪れ、子供と妻を案内してなつかしい川原や山中で遊ばせたと知らせてくることもあった。

「いろいろあったけど、やっぱりここが僕には血に繫がるふるさとですわ」

父親の定吉が健一の大学在学中に死んだあと、苦労して学資を続けてくれた多可が八十五歳の長寿を全うした時、健一はせめてもの親孝行だと墓地を一新して母を葬った。

夫に先立たれた多可は気丈な母だった。定吉の墓石を立て、納骨するときに数珠をもみながらこんなことを語りかけた。

「お父ちゃん、とうとう生れたとこへ帰って来やはりましたなあ。みんなここに居なさるよって、賑やかでよろしいな。そやけど私はここへは来とうない、私の骨は全部、大阪の一心寺へ納めてもらいますさかい、堪忍してくださいや。なむあみだぶなむあみだぶ」

墓地には古びて碑銘も定かでない幾つもの墓石があり、その周りには早世した子供や嫁に行かずに終った女たちのものと言われる石くれが、背比べするように立ち並んでいた。自然石の行列の中のいくつかを指して、これは○やん、その後ろは○助、などと名を数えていた年寄りたちは疾うに誰もいなくなっていた。

念仏を終えた多可が立ち上がって、昌子と健一に語り続けた。

「お墓は一人ずつが良えわ。ここに賑やかに並んでる石ころみたいなのが私は好きや。先祖代々の墓にすると、そこの家が長続きせんようになると聞いた事があるさかい、覚えといて頂戴。ここに参ってくるのはほんまにしんどいなぁ。大阪からは遠いし、交通は不便やし、昌子が北海道から墓参りするのはえらいこっちゃ、可哀そうやわ。

私が死んだら墓は要らんよ。大阪の一心寺さんへ参ってくれて、奈良の家のお仏壇拝んで呉れたらもう充分やさかい」

四十七歳の男盛りで母親の葬儀を済ませた健一は、多可の言いつけどおり一心寺に納骨して永代供養をした。しかし分骨は仏壇に祭り、一周忌を期して新墓を完成させてから定吉の許に納めた。

「古いし、ややこしいし、これからのこと考えたら、僕の代で思い切って整理して、先祖代々の立派な墓を建てるわ」

定吉の名を刻んだ小さな墓石を除くときに取り分けた土と、多可の骨を一緒にし、それぞれの墓石の跡地の土も加えて、堂々と立つ御影石の一基の新墓に納めた。

母親を慰めるつもりか、多可が好もしがった可愛らしい石群れだけは墓石の後ろに並べて残され、綺麗に片付いた墓地にいくばくかの賑やかさを添えていた。

施主の健一が頼もしかった。

昌子は実家への里帰りの時期をいつも春に定めていた。

——お父ちゃんの命日はよりによって大阪のいちばん暑いときや。せっかく夏は涼しい極楽の札幌から焦熱地獄の大阪へ来てもらうのは、なんぼなんでも可哀そう。お参りは春の花見時がよろし。人は桜の季節に死ぬのは功徳やなぁ。西行さんやないけど、わたしもあやかりたいわ——

多可が生前からそういってくれるのに甘えて、墓参と花見を兼ねた偶（たま）の故郷行きを昌子は楽しみにしていた。

願いどおりとは言えぬが、多可は八十五歳まで永らえ、桜にはすこし早い三月十五日に没した。

母親の三回忌法要を大阪で済ませた後、健一の運転する車で昌子は伊勢の墓参に出かけた。——お姉さんと水入らずがよろしやろ——と妙に嫁の桂子が同行を拒んだ。

姑の多可との間が険悪なままに終ったことが、弟夫婦のわだかまりに成っているらしいと昌子は気になった。

「あいつはとうとう、お母ちゃんの下の世話をせんかった。付き添いさんが時間で帰ったあとは、僕がお母ちゃんのおむつを代えたんや。朝、会社へ行く前もやで。芯からきつい、冷たいおなごやわ。僕の最後も看て貰えんと思うてるねん」

「信じられへんような話やねぇ。見たところは優しい様子で可愛らしい顔して、京女らしい人やのに……。お母ちゃんも手紙に書いて寄越してこぼしてたわ。桂子さんはよう分かりません。私の知っている人らとは根っから別の人間です。逆上すると何をするのかわからんような怖いところがありますって」

「悪者やないとは思うけど……。僕が母親のおむつを代えるのを見て、ようそんなことしやはる言うてせせら笑うんや。惚れた挙句に親の反対押し切って嫁にしたのが大間違いやったかなって頭抱えたこともあるわ」

「母親と息子が仲の良すぎるのは、お嫁さんの身にしたら我慢がしにくいと思うよ。目の上のタンコブが無うなったんやから、桂子さん、ちょっとは優しゅうなりはるやろ」

「そうはいかん。今度は子供らが苦の種や」

桂子のいない気安さで、車中では健一の悩みが一気に吐き出された。

健一が資金繰りし、大学時代の親友二人を迎えて立ち上げた建築事務所の仕事は順調に軌道に乗っていた。社長役の健一は設計の腕を認められ、橋梁（きょうりょう）や地下鉄など多方面の土木関係会社から託される仕事に多忙を極めていた。自分の好きな道でがんばる弟の成功を昌子はこころから褒めずにはいられない。

しかし一方家庭では、なおざりに出来ない事情が健一を苦しめていた。一人息子の光平が荒れて、母親の桂子に暴力を振るったり、近隣の学生にけんかを売って傷害事件を起こしたりと手に負えない。事あるたびに健一が身体を張って息子を屈服させたり、警察や喧嘩相手に詫びを入れたり弁償したりして収拾しなければならなかった。

左顔面に大きな赤痣のある男の子が生れた時から、弟一家は予想もしなかった新しい悩みを抱え込んでしまった。

親譲りの切れ長の大きな目、鼻筋が通った中高（なかだか）の顔面の右半分は凛々しく愛らしい赤ん坊だが、左の頬全体は赤黒く不気味に盛り上がった痣に覆われていた。

「神罰や、罰が当たったんや……」

多可が呻くように孫の顔の無残な有様を昌子に知らせてきた。母親のむごい言葉に驚いて、桂子さんにそんなひどいことを言うなんてと咎めると、

「いいえ、私のことやわ。そやけど桂子さんにも同じことかいなあ……。私らふたりが仲良う暮らせないから、神さんが光平を授けはったんや。生んだ母親の身になったらどれほど辛いことか、そう思うたら桂子さんが不憫で不憫でなあ。

親も子もほんまに可哀そうで、この子を可愛がって育てなあかん、いろいろ辛い目に逢うやろから私ら家族みんなが力合わせなあかん。この子は光や。

きっと神さんからのお使いやで。私らが試されることになったんや」

お母ちゃんらしい受け止め方でこらえにこらえているのだと、昌子は涙を流しながら、電話の向こうの多可には軽口をきいた。

「〈艱難汝を玉にす〉やろ、お母ちゃんの十八番や」

「そやそや、がんばるで、私がしっかりして、健一を助けてやらんとなあ」

多可の気持ちが通じたのか、桂子も光平を愛しんで育てているので、家の中が和んでありがたいという大阪からの便りが昌子を喜ばせた。

無心の赤ん坊のうちは良いが、外に出てほかの子と遊ぶようになったらどうなるか、本人に自分の異相をどう覚悟させるか、親の苦労はこれから増すばかりだろう。健一と桂子が光平を育てることの苦難は誰にも予想の付かないことであった。

小学生になっても学校嫌いで休んでばかり、姉の芳美と猫や犬だけを遊び友達にしている光平が軟弱なのを健一が案じて、空手道場を主宰する大学時代の旧友に、息子の心身の鍛錬を頼み込んだ。これが裏目に出た。

空手は保身の術であって、決して攻撃に用いるなという戒めをきびしく教えられていたのだが、光平はこの禁を守れない。怖そうにオレを除けやがった、気味悪げに目をそらしよった、バカにしよった、オレは化け物か、けだものか、顔の赤痣のひけ目が爆発のエネルギーなので始末が悪い。余されものの中学をやっと卒業したあとの道が拓けない。

「こんな顔に生んだのはオカンや、責任とってくれ。オレみたいな赤痣は妊娠中のストレスで出来るらしいやないか。嫁になる能も母親になる資格も無いくせに、子を産んだのが間違いや思わんか」

十七歳の息子が殺し文句をがなり立て、桂子を蹴り、かばう父親に組み付くという家庭内暴力が繰り返されていた。恐喝や盗みなどの非行に及ぶことは無いのだが相手に怪我を負わせることがある。健一は世間体をはばかって裁判沙汰になる前に相手に詫びを入れ、示談で事を穏便におさめてしまう。

いっそお上の手を借りて、少年鑑別所送りとか生活補導の対象にしてもらうとか、精神科のお世話になるとか、コンプレックスに打ち勝つ訓練を受けさせる工夫は無いものか。昌子はそんな強硬手段をすすめたこともあった。しかし健一も桂子も我が子の矯正は親の責任だと光平の暴力にたえながら、暗中模索の日が続いていた。

「オレが神さんの申し子やと……みんなの愛を試すためにつかわされたのやて……。死んだオバアが言いくさった。ようも、そんなアホなこといえるわ。

オレの身になってみい。一番辛いのはだれか分かってるやろ。オレはキリストさまと違うでえ、もうええかげん放っといてくれ」

家の中での嵐がおさまると光平は自室に閉じこもって鳴りを潜める。深夜になると愛犬のゴンタを連れて家を出て行く。そんな日常の中で桂子はノイローゼの症状を見せるようになり、長女は逃げの一手で、大学を出ると同時に就職し、最近はアパートで自活の暮らしを始めていた。

ところが最近、一家の悩みの種の光平に突然の変化が起きたのだという。

昌子が訪れる一週間ほど前の夕食時のことだ。ふいっと階下に降りてきて食卓に着いた光平が「あのな……」ポツリと口を開いてしゃべったのだ。

「オレ、奈良の奥山に入ってたんや。あの原始林の木の下にねころんでるとな、ものすごうスウーッとするねん。シカかて寄ってきよる。どんな木もジィッと同じとこに立って天に向っていきよる。オレをバカにすることなんか無い、葉っぱがときどき子守唄を聞かせてくれるねん。

オレ、人間を相手にするのやめて、山に入って木の守りする仕事しとうなったわ」

見たことも無い穏やかな眼をして静かに話すのを聞いて、キツネにつままれるとはこんなことかと夢中であいづちを打った。

「そらぁ光平にぴったりの仕事やないか。うちの先祖には山の民の血が流れてるのと違うか。若いときお父さんもそんな事考えたことあるでぇ。そやから自分には土木の仕事が身に合うたと思てる」

翌日、光平の姿が見えなくなった。

あとがどうなるか暫くは考えないことにしていると健一が話を結んだ。健一の重荷がほんのひとときでも軽くなった気がして昌子は嬉しかった。

おとうと一家の成行きを地下の両親もさぞかし案じているだろう。光平がふさわしい居場所を見つけることが出来ますように、しっかり守ってやってくださいと祈った。墓参りのおかげで健一と親密な時間を過ごせることも仏の功徳にちがいない。

松阪が近くなっていた。帰りにはなつかしい「和田金」ですき焼きを食べて、ぜいたくに精進落としをしようかと話が弾んだ。

車窓からの景色に不意に山室のそばに来ていると気がついた。

「健ちゃん、待って。本居さんの奥墓へ参っていこう。女学校の遠足でここまで歩いて来て参拝するのが慣例行事やった。もう一遍お参りできるなんて、こんなチャンスないよ」

「へぇー。本居さんのお墓は松阪の樹敬寺と違うんか」

「いいや、あそこは拝み墓。本居さんは遺言で山室に奥墓を作れと、その設計図や桜の木のことまで指定したはったのよ。鈴屋の門人たちがそれに従って建てた墓碑がここ、山室山上にあるわけ」

「ほんまかいな。そら、ぜったい見てみたい。〈敷島のやまと心をひと問わば朝日ににおう山桜ばな〉お母ちゃんが呪文みたいに、花見のたんびに呟いてたから覚えてる。『ソメイヨシノは華やぎすぎるわ。私はヤマザクラの清清しい風情がいちばん良え』。これも口癖やったな」

戦中は国学がもてはやされ、宣長は郷土の誉れの人であり神にもなって祭られた。女学校の行き帰りに昌子は四五百の森に鎮まる本居神社の鳥居前で頭を下げ、鈴屋の膝許で学ぶ幸せを感謝するのが慣わしだった。全校生が行進して山室へ参った遠足の思い出が甦る。史蹟の標石に導かれて石段の道を辿るが、崩れたままの踏み石が危なっかしい。記憶の中のこのあたり、綺麗に整備された段々に腰かけて、桜吹雪を浴びて雑穀弁当を食べた筈。

荒れ放題の山上にぽつんと墓碑が立っていた。

鈴屋の大人の筆跡「本居宣長乃奥墓」が刻まれ、墓石の形と高さは遺言どおりのようだ。念仏無用、花筒不要、墓地の堺は拾い集めた丸石等でよし、墓石の裏や脇にも何も書くな、碑の高さ四尺、頂きは三角に、棺の中のむくろは詰め物を控えてゆったり、などと詳しいが簡素を旨とした指示であった。

しかし塚に植える山桜については特別で、花も木もよく吟味して植え、もし枯れるようなことがあれば必ず植え替えることと贅沢な注文をしている。

「姉さんは本居さんにえらいくわしいなあ」

「女学校時代の先生方のおかげ。出丸（いでまる）先生は宣長の研究書を出してはるし、小泉先生は今では本居宣長記念館の館長さんや。おすすめ本の足立巻一の『やちまた』も夢中になって読んだの。ほんまに本居さんのすごさにびっくりしてしもたのよ」

神国ニッポンの最盛期に、遺言に背いて一段高く築かれたらしい石塚にはコンクリートの柵囲いが施され、痛み放題の門柱の左右に飾られた五辨の桜花があざとい。かつて憧れた予科練生の軍服のボタンも〈桜に碇（いかり）〉だった。昌子はなにやら本居さんが気の毒になる。戦中に担ぎ出され、祭り上げられて、国学の本来の価値がなおざりになってしまった。

眼をそらすと、塚の周りや疎林の中には若い桜木の艶やかな紅色の幹が目立っていた。墓地に霊鎮（たましず）めの花弁が舞うさまを思い描くだけでもうつくしい。数えるほどしかない古木は何代植え継がれてきたことか、花の季を終えたばかりの息も絶え絶えの枝先に、臙脂（えんじ）の若葉がうなだれて萌えている。ものさびたその姿さえもここにはよく似合う。

「義兄さんや姉さんらの世代は右にも左にも、ほんま、ややこしい思いをしてきはったもんや。僕は技術屋やさかい、イデオロギーに無縁の世界に生きて来たけど、日本人の感性としての〈神ながらの道〉とか〈もののあわれ〉とかは、わかるなあ。やっぱり、桜の木には樹霊が宿ってる感じがあるねえ。うちの墓にも桜がほしい気がしてくる……ええお参りさせてもろたわ」

満足げな弟が昌子の足許をかばいながら先導し、二人は山を下った。

しかしこの七年後に、おとうとは急死してしまった。享年五十七歳であった。

末期がんの宣告を受け、余命三ヵ月という自覚のもとに健一は壮絶に死と闘った。

昌子は何度も大阪と札幌を往復したが、おとうとの看病は思うにまかせなかった。

「姉さんの顔を見るだけで充分や。うんと美味いもんを奢りたいけど、もう一緒に行かれへんのが残念や。つらい目にあわせてすまん、ほんまにすまん。こんな筈やなかったのに、口惜しゅうてたまらん」

「一番しんどいのは健ちゃんやないの……おおきに。死んだらあかんよ。そんなことあるわけないわ。がんばってや、負けたらあかん、負けてたまるかいな」

病院での治療は殆ど効能がなく、新薬の抗がん剤投与は予想を裏切って強い副作用でおとうとを苦しめた。モルモットのように試されてばかりは嫌だ、どうしても最後は家で過ごしたいと退院を強行して自宅に戻った。

初期の入院中に会社の今後についてのすべてを処理していた。後継の社長も役員も決めていたので仕事に後顧（こうこ）の憂いなしと潔いところを見せた。健一の病気は極秘にされていたので、その死が明かされたときの社の内外の驚きは尋常ではなかった。

盛大な社葬が営まれ、弔問客が会場外にも溢れたが、家族の参加は妻と長女、親族は昌子夫婦だけで、健一の家庭の寂しさを際立たせていた。

旅行社のロンドン支店に勤務中の長女は現地で愛人と同棲しているらしく、葬儀の後はイギリスにとんぼ返りするのだという。

山に入ると言い残して行方知れずのままだった光平は、三年程は消息を絶っていたのが最近はたまに葉書で短く様子を書いてくる。発信地は定まらず、寺の宿坊を渡り歩きながら山守の仕事で食べさせてもらっているようなのだ。

「父親が死んだのも知らんと、どこの霊山でか、神仏拝みながら生かしてもろてますのやろ。光平のことはもうよろしおす。健一さんも喜んでましたから。

『自分の仕事は自然破壊の元凶みたいなもんやった。あいつが一人で親の罪滅ぼししてくれてるのかもしれん』そんなこと言うてはりました」

すべてが終わったあと葬儀場で義妹たちはあっさりと別れを告げて去り、ぽかんとした昌子は夫を誘って宿泊先のホテルに近い桜宮に向かった。

折しも造幣局では大阪名物の「通り抜け」の最中なのだ。この時期に限り門が開かれ構内の川岸どおりの桜並木の通り抜けが市民に許されるのである。明治時代から続く大阪の花見行事だが格別の風情があるわけではない。子供の頃から家族や近所の衆と連れ立って、全国から集められた遅咲きの八重桜の競い咲く通りをわいわい、がやがや、ぞろぞろと歩くだけだったのが無性になつかしい。誰も居なくなった故郷でのむなしさをもてあました昌子は、夫を道連れに大阪人の雑踏の中にまぎれ込んでみたくなった。

もてなし上手の健一に先導されているような気持ちで桜のトンネルをくぐって歩いた。こみ上げてくる涙を八重紅枝垂(しだれ)のやわらかな花びらでぬぐってみる。優しい香りがまた次の涙を誘うのだが、人目にもとがめられずにしのび泣き、通り抜けの桜に慰められて昌子の悲しみはようやく鎮まっていくのだった。

一周忌には健一の遺骨を納めるために、昌子は残された妻の桂子と二人だけで先祖代々の墓に参ることになった。桂子は車を走らせて奈良から松阪に来るという。昌子は札幌から名古屋に飛び、松阪で桂子と落ち合った。そこから墓までは車の他に足は無い。

二人だけの時など経験したことがなかった。そこにはいつも母が居り、弟が居た。幼かった姪と甥が居た。いつも口数が少なくて「そうどすか、へえ、よういわんわ」などとにこにこ愛想よく相槌を打つ義妹に、昌子は不満や不審を感じたことがなかった。母親の愚痴の方が不思議に思えるほどであったのが、少しずつ分かりかけたのは母と弟の死の前後になってからだ。

物事に深く関わらない、どこか投げやりな性質が江村一家の気風に馴染めなかったのだろう。苦労を買って出るような多可をアホみたいに思ったり、人はそれぞれ、好きにしはったらよろしというところがある。

そんな桂子と健一が夫婦として共有した時間は、昌子と弟の時間よりはるかに長いのだ。母と健一の関係を超えることは出来なかったにせよ、今後の桂子の時間は絶対だった。

昌子は桂子の意に従うままに健一の骨納めに立ち会った。寺への永代供養も滞りなく済ませ、車でまた松阪に戻ったが、別れ際になって運転席の桂子が後ろの座席でうとうとしている昌子に向かってはっきりと言った。

「お姉さん、奈良の家は始末させてもらいます。よろしいやろ」不意を衝かれて「え、始末って？」「買い手がありますねん、もう、あそこに独り住むのはしんどおす」

反対する理由など無いが、これで形あるすべてが消えてしまうのかと実家への愛着がこみ上げた。昌子は答を待つ桂子の背中をしばらく無言で見詰めていたが「お仏壇はどうするの」。返事はなかった。松阪駅で桂子の車を見送ったがこれが最後だった。

実家宛の年賀状が宛先知らずで戻されてきたきり、転居先の通知もなく、健一の家族は消えてしまった。昌子ももはや捜し求める気持ちを失ってしまった。

両親と弟の骨を埋めた墓地に昌子は独り座りこんでいた。喜寿を迎えた身にはこれが最後の墓参になるだろう。村に還ると辛い思い出ばかりが蘇るが、もはや人々への恨みや憎しみはきれいに失せて、今は、一人残された自分に語りかけてくる死者たちの声に身を任せているだけだ。

「ようお参りなして」と大きな声で挨拶しながら老婆が上の墓地から下りてきた。

「もしや、昌子さんでは……。私は江村多可先生の生徒やったサキですわ。二年上の高等科やで、お分かりやないですやろ。健ちゃんは残念なことでしたな、弟の正夫は同じ組でしたのさ。

あれも私より先でした。父親の後継いで校長を勤めて、退職してからはずうっと六地蔵さんと無縁仏のお守りを務めにしてましたのや。マサが死んで今は私の仕事ですわ」

カマイタチの正夫がぴーんときたのを呑み込んで、

「あのう教頭さんの息子さんの……」

「へえ、父は最後に校長になって、正夫も同じに……」

上の段にサキの家の墓地があり江村の墓の様子がすぐに見て取れるという。滅多に参る人の無いそこで、三年程前に人影を認めたサキが言葉をかけた。

男の痣で噂に聞いた光平だと気付いたが、そ知らぬふりで挨拶をしたという。

父親の死に目にも会えなかった不孝者ですと名乗り、

「『婆さんも親父も好きやったさかい、詫びのつもりでこれ植えときます。吉野の山桜の苗木ですねん』いうてな、あそこへ」

サキは墓の背になっている山の斜面を指さした。

江村の墓地から一メートルほど上に、艶の良い樹皮を陽に輝かせて桜の若木がほっそりと立っていた。散華のあとを思わせる赤い葉面が微風にそよいで優しくふるえていた。

「ああ……光平桜……ですねえ。そうでしたか。良いことをしてくれました。無理して来た甲斐がありましたわ」

「『こんな顔の人間は家に居らん方が良ろし、身内は肩身の狭い思いせんならん。どこで野垂れ死にすることやら、ま、骨はここへ埋めてくれと、書付を持ち歩いてますけどな』笑うて、これからまた吉野へ戻るんやとバイク飛ばして行きなさった」

光平はサキと一緒に墓道を降り、ふもとの六地蔵を拝んだあと、婆やんに会うたみたいで有難かったと礼を言ったという。

「私に手を合わせてお呉れてさ。きりりと日に焼けておられて赤い方のお顔が目に入らんほど片方のお顔が美しゅうて、あんまり良いお顔をしていなさるんで、見とれましたわ」

密教の行者たちが踏み固めた古道は霊山から霊山へと尾根を渡る修験の道であると同時に、どこの国にも自在に通じる近道であったと健一に聞かされたことがある。

今は那智か、室生か、高野山か……。熊野街道を駆け抜けていった光平の行く先に光明を見る思いで、昌子は晴れ晴れと墓地の急坂を下った。

腰を折って先を歩くサキのしっかりした足取りに従いながら、母の歳までも達者に生きて、光平桜の花の季にもう一度ここに来るよと死者たちに約束していた。

初出

通天閣の消えた町　「昴の会」第九号（二〇一二年九月）
続　通天閣の消えた町　「昴の会」第十号（二〇一三年九月）
続々　通天閣の消えた町　「昴の会」第十三号（二〇一六年十月）
待兼山ラプソディー　「昴の会」第十一号（二〇一四年九月）
おとうと　「昴の会」第七号（二〇一〇年九月）

＊単行本化にあたり右記原稿を加筆・修正しました。

著者略歴　沓沢久里（くつざわ・くり）

大阪市生まれ。一九五四年（昭和二十九）、大阪大学法学部卒。結婚後、東京、函館を経て、一九六九年（昭和四十四）より現在まで札幌に在住。

同人「昴の会」代表。二〇〇四年（平成十六）より、札幌市民芸術祭・市民文芸委員を努める。

通天閣の消えた町

二〇一七年四月三〇日　初版第一刷発行

著　者　沓沢久里
装　幀　須田照生
編集人　井上哲
発行人　和田由美
発行所　株式会社亜璃西社
札幌市中央区南二条西五丁目六－七
メゾン本府七〇一
TEL　〇一一－二二一－五三九六
FAX　〇一一－二二一－五三八六
URL　http://www.alicesha.co.jp
印　刷　藤田印刷株式会社